ALFAGUARA

RIO - PARIS

Paulo Roberto Pires

Se um de nós dois morrer

© Copyright 2010 Paulo Roberto Pires

Todos os direitos desta edição reservados à
Editora Objetiva Ltda.
Rua Cosme Velho, 103
Rio de Janeiro – RJ – Cep: 22241-090
Tel.: (21) 2199-7824 – Fax: (21) 2199-7825
www.objetiva.com.br

Capa e projeto gráfico
Retina_78

Imagens de capa e miolo
Paulo Roberto Pires

Produção gráfica
Marcelo Xavier

Revisão
Taís Monteiro
Tamara Sender
Lilia Zanetti

Editoração eletrônica
Trio Studio

CIP-BRASIL. CATALOGAÇÃO-NA-FONTE
SINDICATO NACIONAL DOS EDITORES DE LIVROS, RJ

P743s
    Pires, Paulo Roberto
        Se um de nós dois morrer / Paulo Roberto Pires. - Rio de Janeiro : Objetiva, 2011.

117p.   ISBN 978-85-7962-077-5

1. Romance brasileiro. I. Título.

11-1987.
                                                  CDD: 869.93
                                                 CDU: 821.134.3(81)-3

PARA CECÍLIA

SE
UM
DE

NÓS
DOIS

MORRER,

ME
MUDO
PARA

PARIS

SIGMUND FREUD

Era fevereiro e o Rio de Janeiro ardia como inferno de chanchada quando Sofia deixou o Caju com a urna acomodada no banco a seu lado no jipe. O que restava do homem que amou parecia, adequadamente aliás, um rescaldo de incêndio. Dias antes, os pouquíssimos amigos que, dentre os poucos amigos, estavam na cidade no meio do carnaval reuniram-se em torno do caixão fechado, resignados em cumprir o último compromisso com o morto, sempre cioso de planejamentos. Até o crematório, enfrentaram ruas interditadas por blocos, restos de alegorias queimando sob o sol no pico da manhã. Na Avenida Brasil, a indicação:

ÚLTIMA SAÍDA
CAJU
CEMITÉRIO

Em torno do prédio branco e asséptico que guarda o forno e duas salas de espera, nuvens de mosquitos zuniam sobre poças d'água, lembrando que, em menos de um mês, mais de vinte pessoas haviam morrido numa epidemia de dengue hemorrágica. Velório e cremação duraram pouco mais de quarenta minutos, insuficientes para que os presentes ouvissem a versão integral das *Variações Goldberg*, realização imperfeita de um dos chamados "últimos desejos" de um morto que não economizava caprichos.

Sozinha, de volta ao cemitério, Sofia achou o cenário ainda mais desolador. Depois de assinar papéis, resignada em ser tomada pela filha do morto, chegou a rir diante dos funcionários entediados quando bateu os olhos na urna e lembrou-se, imediatamente, de um pote de sorvete. Na curta distância entre o crematório e o estacionamento, pousou a urna no chão para fotografar. Queria mesmo ter fotografado o processo da cremação em si, no que foi impedida pela burocracia do cemitério. Tudo o que conseguiu obter foi a derradeira imagem do caixão sobre uma esteira, desaparecendo atrás das paredes e da porta que separam o crepitar do fogo das inevitáveis cenas envolvendo viúvos, famílias, amigos.

Nesta sessão de fotos ao ar livre, calor sufocante, registrou em close os papéis de identificação ao lado da urna, o que lhe provocou, pela primeira vez desde que o encontrou morto em casa, uma compulsiva crise de choro, como se o nome "Théo", escrito daquela forma e naquele lugar, fosse ainda mais dramático do que o cadáver – este devidamente registrado, de forma meticulosa e sem dramas, em 73 fotos.

Alcançou o carro, acomodou a urna no lugar que sempre fora o dele, ligou o motor e ficou ali sem ação, com o ar-condicionado no máximo, ainda sem entender muito bem por que tomou para si a tarefa de administrar estas cinzas. Em dez anos, foram amigos, meio casados, meio namorados. Havia menos de uma semana tiveram uma noite surpreendente, que ganhou o sentido óbvio de uma despedida. Foi na manhã seguinte deste encontro, romântico mas despropositado, "recaída violenta", como ela anotou na mais recente tentativa de diário, que encontrou Théo morto. Voltara para buscar o celular e encontrara as portas da casa sem trinco, ele deitado "no seu lado" da cama, barriga para cima, com um ligeiro esgar no canto esquerdo da boca e os olhos fechados. Como acontecia tantas vezes, principalmente nos cochilos do fim de semana, um livro aberto sobre o peito – exemplar amarelado, em inglês, de *Não diga noite*, agora para sempre misturado às cinzas, contrabando que conseguiu ajeitar sob o ombro esquerdo do morto.

Antes de retocar a leve maquiagem no espelho retrovisor, fotografou-se como fazem os adolescentes em momentos de euforia. Quando percebeu, era observada por um homem jovem e grisalho, olhos vermelhos de chorar, que fumava encostado em um carro, talvez esperando a hora da cremação de mulher, amigo, mãe, pai ou filho. O olhar incômodo do homem triste fez com que vencesse a inércia, deixando o estacionamento lentamente para ganhar tempo na decisão sobre o que fazer com as cinzas, já que a ideia de levá-las para sua casa não era das mais atraentes – como não fora a explicação, demasiado técnica, de como os ossos são triturados para que se obtenha uma mistura mais uniforme do que resta do morto.

No meio do caminho, decidiu ir para a casa de Théo, intacta desde o momento em que os homens da funerária, sonolentos e cheirando a bebida, manobraram com dificuldade o caixão nos corredores estreitos do prédio antigo. No apartamento térreo, com quintal e jeito de casa, parecia que o casal, se casal fosse, havia saído para almoçar numa longa e arrastada tarde de domingo e voltaria dali a pouco, com uma pilha de jornais e revistas. Os chinelos ainda estavam jogados num canto, o cinzeiro cheio, a tigela de comida de Benjamin obscenamente suja, semanas depois de Théo ter decidido sacrificá-lo – atitude que os tornou inimigos ferrenhos pela última vez antes de, também pela última vez, amantes apaixonados.

Deixou a urna no chão da sala e foi ao quarto. Na enorme mesa de cabeceira, um copo ainda com água, as dezenas de livros empilhados como sempre. Sentou-se na cama desarrumada e, na confusão dos livros, saltou-lhe aos olhos um envelope vermelho, embrulhado em um saco de plástico transparente que não havia percebido enquanto providenciava a remoção do corpo. Em traçado grosso e numa caligrafia que não parecia em nada com a de Théo, o envelope gritava como um cartaz: "Para Sofia".

Sofia querida,

Você sabe o quanto eu sempre tive medo de mortos – de defuntos, digo. Mas agora que, acho, me tornei um deles, até que estou vendo graça no monólogo, a forma dramática privilegiada dos mortos que falam, na verdade uma dádiva da morte, que protege a fala dos constrangimentos do diálogo. (Ok, esta carta não é psicografada e a primeira frase já deve ter te irritado, mas, convenha, fica bem começar assim, já que você, como nos filmes vagabundos, só vai lê-la quando não puder mais me responder, pelo menos pessoalmente.)

Como você já deve ter reparado, este envelope traz uma passagem Rio-Paris-Rio, em aberto, no seu nome. Não é na executiva, como nos velhos tempos, mas tenho certeza de que nosso passado e minha memória valem o sacrifício de vinte e tantas horas, ida e volta espremida talvez entre um casal apaixonado, um doutorando contra tudo o que aí está ou mesmo um singelo travesti. Sabemos que no quarto minúsculo de um abominável hotel "charmoso", na Sorbonne ou nas noites do Bois de Boulogne, *Paris não acaba nunca*, não é mesmo?

Estes euros são suficientes – calculei tudo e com folga, fique tranquila – para passar oito dias e pagar as diárias do quarto 37 no Hotel Aiglon (232 Boulevard Raspail, esquina com Edgard Quinet, no miolo de Montparnasse). Como quase todo hotel em Paris, ali viveram artistas e escritores. Ao que se saiba, Giacommetti, Tzara, Carpentier e, há não muito tempo, Luis Sepúlveda. Minha passagem por lá, em outubro, não mereceu placa, ficando registrada nesta carta e, talvez, nas fichas de hóspedes. Aliás, ainda existem fichas de hóspedes? Alguém liga para elas? Quando dormi no 37, e insisto que seja este o quarto, estava vivo como Sepúlveda. Agora, se você ajudar, voltarei tão morto quanto Carpentier.

Se você não tomou esta atitude espontaneamente, te peço que trate de reclamar minhas cinzas no Caju, já que com meu irmão, aquele que eu deveria amar fraternalmente, não posso contar mesmo. De posse delas, as cinzas, por favor divida-as em sete sacos plásticos (por motivos óbvios, dada a minha inabilidade com exatidões, não fiz contas meticulosas, mas creio ser perfeitamente possível repartir o que restar de mim usando sacos como este que envolve o envelope) e leve-as com você na viagem. Sim, estou te pedindo – muito provavelmente contra as leis internacionais – que me carregue em sua mala, numa derradeira viagem para Paris. Não tome isso como um ritual macabro, mas como um jogo daqueles que você, querida Sofia, sempre gostou. Aconselho inclusive que fotografe tudo, dando início a seu projeto, sempre adiado, de fotografar os momentos insignificantes do dia a dia. No caso específico das cinzas, das minhas cinzas, "a gravidade da morte se metamorfoseia na simplicidade do cotidiano e se integra a ele, dessacralizando o temor do fim e ressignificando a finitude do homem pós-moderno, num engajamento possível da biopolítica como rizoma nas sociedades de controle" (pode usar o conceito, eu deixo).

O 37, pasme, tem janelas grandes (duas) e uma vista deslumbrante sobre o Cemitério de Montparnasse – o que, dependendo do viajante, o recomenda tanto quanto as estrelas do Michelin. É lá, no cemitério, que quero ficar. Não, não comprei um túmulo, em Paris o metro quadrado é extorsivo em cima ou embaixo da terra, ainda mais quando, de um lado ou de outro, a vizinhança é ilustre. Ali, como você sabe, não há putrefação sem arte: Sartre, teu querido Gainsbourg, Beckett e Cortázar com sua jovem Carol.

Tergiverso. Vamos às tarefas. Na prática, a cada um dos sete dias você vai espalhar como achar melhor e mais conveniente minhas cinzas por aquelas alamedas. Fevereiro ou março ainda faz frio e chove, mas creio que nem a temperatura baixa nem a água eventual atrapalharão os meus – a esta altura nossos, espero – planos.

Para te facilitar, criei um roteiro de trabalho que não só organiza sua rotina como pode ser útil para que você o transforme numa obra conceitual como aquelas que tanto nos divertiam – ou melhor, me divertiam, o velho reacionário. Acorde por volta das nove, como você gosta, e escolha aleatoriamente um dos sacos, que você já deve levar preenchidos e bem vedados, o suficiente para não me misturar às suas roupas mas não a ponto de impedir a abertura rápida e imediata no momento conveniente. Ao sair do hotel, vire à direita, parando na varanda do Le Raspail Vert, o café que fica sob o Aiglon e onde bati ponto todas as manhãs em minha última viagem (vivo) a Paris. Peça chocolate com croissant (eu sei, eu sei, uma instrução desnecessária, mas é que mesmo morto continuo aferrado aos melhores hábitos e à vigilância para que deles não nos afastemos sob a tola sedução do "diferente").

Depois é atravessar a Edgard Quinet e caminhar direto até o portão principal do cemitério. Você pode caminhar pelo largo canteiro que separa as duas pistas, com o inconveniente de avistar a horrenda torre, ou grudada ao muro do *cemitière*, tendo como paisagem, no outro lado, os muitos prédios sem graça que construíram ali ou as lojas de Pompes Funèbres, o que não deixa de ser uma licença poética para batizar os abutres dos serviços funerários. Ultrapasse o portão mas não inicie a caminhada sem ligar o iPod (está na mesa de cabeceira) na playlist em que gravei, inteiro, *The melody at night, with you.*

(Lembra que eu pensava em escrever um livro em que cada conto fosse batizado de acordo com um standard americano? Como você sabe, o mestre Silviano fez primeiro – e muito melhor do que eu poderia sonhar em conseguir. Agora, só me resta esta patética e pouco concreta obra póstuma: *Keith Jarrett em Montparnasse.* O que é por definição muito melhor do que, admita, um *Liberace no Caju* ou *Bené Nunes no Irajá.*)

Pois você tem os 55 minutos do disco (confira, mas acho que é isso) para percorrer, assim como quem não quer nada, os caminhos do cemitério, dispersando, a teu critério e com o teu bom gosto, minhas cinzas nos lugares que achar mais adequados. Com a máquina em punho, você certamente será confundida com os mórbidos turistas funerários, sempre circulando por ali em busca de estranhas fotos de lápides entre coveiros cansados, mães empurrando seus filhos em carrinhos, pais velhos e sofridos lavando os túmulos dos filhos ou mesmo o féretro de algum endinheirado (lembra que um dia nos pegamos fotografando, vergonhosamente, em meio a uma família enlutada, chorando?).

Insisto para que você imprima leveza a tudo isso, encare este meu pedido, um pouco extravagante, reconheço, como uma mera performance. Quem sabe, Sofia amada, você um dia ainda volta a Paris para expor as fotos do meu improvável enterro? Com passagem paga por alguma fundação, só que desta vez na executiva e acompanhada por este seu namorado.

Uma última coisa – eu, que sempre fui contido, dei pra ser prolixo depois de morto. Se você, que não guarda nomes, não estiver lembrando, *The melody* é aquele disco que o Jarrett dedicou à mulher, quando ele estava doente. Foi gravado em casa, exclusivamente com as músicas favoritas dela, sem aqueles improvisos alucinados e gemidos. No encarte, há uma breve dedicatória, que hoje me parece mais comovente:

"Para Rose Anne,
Que ouve a música,
E a devolve para mim."

Faço minhas estas palavras, sabendo que, em situações extremas, como o despertar de uma paixão ou uma despedida, é inútil e até ridículo fugir do sentimentalismo.

Te beijo,
Théo

Exausta, Sofia baixou as malas em casa. Vinte e cinco de fevereiro de 2005, apontava o último jornal sobre a pilha de tantos outros deixados em sua porta. Talvez por conta de tanto planejamento, perdeu a noção dos dias, do tempo e, achava, dos princípios mais básicos da realidade. Pediu licença na galeria para passar fora uma semana, sem contar, envergonhada, que iria a Paris. Não foi questionada. Desde a morte de Théo era tratada, e não só no trabalho, como uma viúva ou órfã inconsolável – o que a irritava profundamente mas, admitia, tinha lá sua conveniência e graça.

Protegia-se assim do tempo ritmado pelo trabalho, das obrigações e satisfações sociais. De Marcos, o quase namorado do último ano, não ouviu mais palavra desde o carnaval, quando uma briga, que, agora entendia, fora a última, levou-a à casa de Théo um pouco bêbada e muito carente. Encontrou-o sozinho como sempre, cercado de jornais e livros, televisão ligada sem som e, ao fundo, um piano qualquer que a ela parecia irritante. No dia seguinte, ao recuperar o celular, viu as ligações de Marcos (oito), mas aí sua vida já tinha um novo propósito: cuidar de um cadáver.

Obviamente, os dias passados no Aiglon foram inteiramente consumidos pela presença, agora poeirenta, de Théo. A carta dele tocou em seus pontos mais vulneráveis: a compulsão em controlar coisas, organizar o cotidiano e administrá-lo. Não era, no entanto, uma chata metódica: a ordem que gostava de impor ao mundo era sempre particularíssima, divergente dos padrões e só dizendo respeito à sua vida "como no regulamento de um jogo", Théo gostava de dizer.

As instruções da carta transformaram-se rapidamente em uma planilha, que consultava no laptop todas as noites, dando conta da tarefa cumprida e conferindo o roteiro para o dia seguinte. Aperfeiçoou o método que lhe fora proposto e colou em cada saco plástico uma grande etiqueta branca, onde anotava dia e hora em que espalhou aquele lote de cinzas, registrando início e fim de seu serviço e algumas informações objetivas sobre o que batizou de *"ash days"* – o que Théo certamente veria como uma afetação anglófila, mas pouco importava: já era hora de, mesmo enviada a Paris por um morto, contrariá-lo de alguma forma. Terminava cada "dia das cinzas" exausta, mas nunca deprimida. Sentia-se antes liberta, muitas vezes eufórica.

Tinha um projeto, que vivia adiando, de fotografar todos os dias de sua vida e, depois de selecionar o mais irrelevante dos momentos, escrever um texto que deveria acompanhar a imagem. Mas a convivência com Théo parecia ter esterilizado de alguma forma sua capacidade de expressar-se. Fotografava quase todos os dias, selecionava as melhores imagens numa pasta, mas, diante delas, não lhe vinha uma única linha. Contaminara-se, achava, pela dificuldade dele com as palavras – sempre esperando ideias e frases prontas e acabadas, sem enfrentar-se com a indeterminação dos rascunhos. A semana funcionou como uma desintoxicação, desafio ao silêncio último que, docemente como sempre, Théo impôs em sua carta-monólogo, morto filho de uma boa puta.

Em Paris, o ritual ocupou as manhãs e parte da noite. Tinha todo o tempo para rever a cidade, que fotografou como nunca fez nas muitas vezes que esteve lá com Théo. Aproveitou para rever João, que Théo desprezaria como um "intelectual atormentado" e foi o grande amor de sua adolescência. Vivia em Paris havia cinco anos, doutorado interminável. Passaram uma noite juntos, beberam no Pantalon, que ele, divertido, chamava de *pied sale*, um pé-sujo, e terminaram trepando melancolicamente num *studio* cheirando a cigarro e atulhado de livros na Contrescarpe. Na manhã seguinte a esta noite, chegou mais tarde ao cemitério, aborrecendo-se com o inconveniente desvio de rota.

Antes de desfazer malas ou esvaziar a secretária eletrônica – não avisou quase ninguém sobre a viagem –, tirou da mochila a pasta classificadora preta e, de cada uma das divisórias, os sacos, sujos dos restos das cinzas e dobrados cuidadosamente para não vincar as etiquetas anotadas com caneta de ponta grossa. Esticou-os na encardida e inútil mesa de luz que mantinha no escritório e os leu como páginas de um livro ou diário.

SEXTA, 18/FEV/2005 – 9h44min-10h48min – 9° C, levemente nublado – Começo pela esquerda. Cinzas no *manteau*. Um pouco ao lado de M. D. Casal jovem se beija. Choro em *Blame it on my youth*, exagero na cota sob uma árvore. Termino na rotunda do centro.

–

–

SÁBADO, 19/FEV/2005 – 9h52min-11h – 8° C, sol – *I loves you Porgy* na rotunda central. Direita. Muitos turistas. Choro de novo em *Blame it...* Turistas. Distribuição quase homogênea. Acho que fui descoberta. Porção final no lixo. Perdão, querido.

DOMINGO, 20/FEV/2005 – 10h20min-11h02min – 9° C, sol – Turistas, turistas, turistas. Impossível. Quase tudo ao lado de S. Beckett, por pura conveniência. Termino de ouvir *The melody* na rua. Irritação.

–

–

–

SEGUNDA, 21/FEV/2005 – 8h30min-9h30min – 11° C, chuva fina – Gainsbourg é o primeiro, leio mensagens deixadas a ele. No outro extremo, Baudelaire. Ninguém. No portão, parecem me reconhecer. Medo.

TERÇA, 22/FEV/2005 – 12h-13h15min – 11° C, nublado – Mudança de horário por segurança. Um casal de meia-idade briga em um banco. C. Soutine, J. Cortázar, H. Langlois. *Something to remember you by*. Feliz.

–

–

QUARTA, 23/FEV/2005 – 9h40min-10h45min – 11° C, sol fraco – Porteiro me cumprimenta. Pânico. Cinzas no bolso, que repousarão na calçada apenas. E. Ionesco. Caminhos cruzados. Musgo. Corvos. "Despreocupado mas não indiferente": lápide de Man Ray.

–

–

QUINTA, 24/FEV/2005 – 9h02min-10h10min – 9° C, sol fraco – Explico projeto fotos diárias ao funcionário. Ufa. Registro tudo. Método perfeito. Hoje só anônimos, nenhum artista te faz companhia. Flor lilás. C'est fini.

A casa parecia fechada havia um mês. A umidade do Jardim Botânico atacava roupas, sapatos e livros como um monstro de filme B. O pior pesadelo, no entanto, era a pilha de correspondência, de onde saltou um envelope maior do que os inúmeros convites para lançamentos de livros, exposições e outros compromissos que a viagem e o luto torto a absolviam perfeitamente de comparecer. Na borda do retângulo de papel reciclado, o logotipo indefectível, Oito e Meio, do remetente que para Sofia se insinuava como uma criatura predadora da vida real. Ao abrir, um outro envelope, menor, e uma carta, também em papel reciclado, impressa e com uma protocolar assinatura ao pé, como se faz em um contrato.

Meu amor,

("filho da puta", era assim que Sofia reagia, em voz alta mesmo, ao sentir saltando da página a fala do melhor amigo de Théo, que a todos tratava de "meu amor", com erres arrastados e bons modos com fins lucrativos)

Soube da notícia depois do carnaval, quando voltava de Veneza para Londres. Fiquei chocadíssimo e tentei te ligar de lá, mas cheguei à conclusão de que você devia estar viajando – ou pelo menos foi isso que a Ana conseguiu descobrir.

(agora Sofia entendia o recado deixado por Ana, a eterna assistente e ex-amante do grande editor a quem ela se afeiçoara apesar de deplorar sua subserviência ao eterno chefe – uma repugnância semelhante à que despertava a amizade dele com Théo, mas essa era outra história)

Quando voltei ao Brasil e, finalmente, ao trabalho, encontrei a correspondência do meu querido amigo. Na verdade, um bilhete, de estranha antecipação, pedindo que, ao receber o pacote que me enviou, encaminhasse a você este envelope que segue aí, lacrado como o recebi.

(Sofia poderia apostar que o envelope de alguma forma havia sido aberto e minuciosamente examinado, mas isso não tinha a menor importância)

O envelope deve ter sido deixado aqui na portaria do prédio (não tinha selos de correio ou protocolos de entrega), e não consegui descobrir exatamente quando isso aconteceu. Certamente depois da quinta-feira antes do carnaval, quando trabalhei o dia todo antes de viajar. Apesar de não nos falarmos mais depois daquele episódio com os alemães, Théo sabia que, nesta época, a do pesadelo programado do carnaval, eu certamente estaria o mais longe possível desta terra alegre e batucante.

(não a surpreendia o horror ao carnaval ou a fuga para o apartamento recém-comprado em Londres, impostos que pagava ao deslumbramento e aos bolsos cheios, claro, mas achou estranha a menção a "alemães" e que eles fossem a causa de um suposto desentendimento)

Fico pensando que, de alguma forma, ele sabia que iria morrer – ou, o que é mais perturbador, planejou sua morte. Apesar de ter medo da resposta, não tenho como deixar de perguntar: foi isso mesmo que aconteceu? Théo se matou? Sem dar dicas de que isso ia acontecer? Sem de alguma forma nos avisar? Isso combina com ele?

(desde o momento em que encontrou o corpo, Sofia abriu mão de determinar com rigor a causa da morte, conseguindo inclusive, à custa de expedientes pouco ortodoxos, evitar a autópsia. Já lhe era bastante traumático encontrar o cadáver. Mas, se de algo soubesse algum dia, garantia que jamais contaria a alguém e muito menos ao missivista filho da puta)

Quando você voltar ou der notícias, acho que poderíamos dar juntos uma busca nos papéis de Théo. Penso em reeditar o primeiro livro e, quem sabe, montar a partir do que encontrarmos um volume de inéditos. Pode ser uma bela homenagem, você não acha?

(tremendo de ódio, Sofia fez um juramento solene de não entregar a ele um bilhete sequer de Théo; se jamais o publicou em vida, por que a previsível redenção pela morte?)

Me telefone assim que puder.
Um beijo
PrP

Quando Théo publicou seu primeiro e único livro, PrP ainda era jornalista; depois, tornou-se diretor de uma das maiores editoras do país, de onde saiu para criar seu próprio negócio levando autores, contratos, funcionários e até a secretária-amante. Nesta altura Théo já tinha se tornado para PrP o que Sofia chamava de "pai torto". Dez anos mais velho do que o editor, estava sempre por perto nos negócios – depois de fechar seu escritório por absoluto desinteresse e uma poupança recheada, Théo continuava advogando só para ele – e era constante comensal em jantares regados a vinhos caríssimos para os quais PrP chegava a preparar uma pauta escrita para ouvir dele dicas, leituras, opiniões. Numa das raras vezes em que não seguiu a orientação do amigo, batizou a nova casa de Oito e Meio.

Era com Théo, membro permanente do conselho editorial e às vezes apresentado como sócio, que PrP visitava autores no Brasil e agentes no exterior, convencendo-os a publicar na Oito e Meio, nem sempre em troca de muito dinheiro, pagando antes com a moeda volátil e sedutora do prestígio. Cortejando gente em todas as áreas de seu interesse, mobilizando amigos como Théo para chegar aonde não conseguiria sozinho, enriquecia mais a cada vez que garantia, em entrevistas, trocar o lucro puro e simples pela literatura de qualidade e a responsabilidade transcedental em publicá-la.

Era a PrP, e só a ele, que Théo mostrava o pouco que conseguia escrever. E dele jamais ouviu qualquer comentário ou opinião minimamente estruturada. Este era o combustível de muitas das brigas com Sofia, que se revoltava pelo que via como egoísmo do editor e, também, por se sentir excluída de parte tão importante da vida de Théo, que a ela não mostrava uma única linha escrita. Admitia, por isso, que em seu ódio por PrP havia muito de ciúme – mas sabia que, no fundo, lutava a boa luta, pela justa causa.

Enquanto destroçava a carta do amigo da onça, Sofia não conseguia tirar os olhos do envelope, o que Théo supostamente teria confiado ao idiota. Subitamente, começou a chorar e, vencida por um esgotamento súbito, dobrou a dose de Rivotril (exatamente como Théo faria, pensou) e apagou no sofá ouvindo, cada vez mais ao longe, os recados da mãe na secretária eletrônica. Eram muitos. No dia seguinte, abriria o envelope com mais este testamento e decidiria o que fazer se daí recebesse uma nova herança – que, como toda herança, mesmo as mais polpudas e generosas, tem o seu quê de maldição.

Sofia, meu amor eterno e fiel,

Sei que você só está recebendo esta na volta de Paris. Ou melhor, espero que você a receba na volta de Paris e que, neste momento, eu já tenha me misturado àquela terra caríssima e nada santa. Não, você não entrou em uma nova dimensão psicografada, apesar da breguice patente. É que deixei a cargo de PrP, sem que ele soubesse da missão e sem dar tempo para que ele inventasse uma desculpa para não cumpri-la, a tarefa de fazer chegar a você mais esta carta póstuma. Apesar de meu amigo pouco me ter servido em vida, como você bem sabe, talvez me preste algum favor depois de morto – acho que a culpa, sentimento praticamente desconhecido por ele, pode garantir mais estes desejos póstumos. Que delícia escrever "desejos póstumos".

Não, os euros que estão junto a esta carta não são uma herança – sobre esta você terá notícias pelo Régis, encarregado de lavrar meu testamento, mais um recurso de filme B que costuma fazer parte do repertório da morte, assim como revelações estarrecedoras e a aporrinhação de doar órgãos, o que fiz questão de proibir expressamente em minhas últimas vontades. Perdoe a digressão, mas um monólogo, ainda mais de um morto, tem que deixar tudo muito claro, sendo para isso necessário interromper vez por outra a ordem mais direta e os princípios básicos da objetividade – que, aliás, jamais estiveram entre os seus valores mais caros.

Quero que faça uma nova viagem, uma consequência daquela que, tenho certeza, te levou a Paris. Desta vez é provável que seu destino seja

Barcelona, onde vive Enrique Vila-Matas. Pode ser também que ele esteja viajando e você o encontre num outro lugar qualquer. Mas é importante telefonar em meu nome para o Rodrigo Lacerda, editor dele, e buscar o melhor contato. Acho que nem precisaria pedir que você não comente nada com PrP, mas não quero me arrepender de nada depois de morto e não custa repetir: não dê uma palavra sobre isso com ele, que certamente te procurou, ou com qualquer outra pessoa.

A principal dificuldade deste encontro, pois não quero que você pareça uma louca, é que não conheci Enrique, apesar de tratá-lo assim, pelo prenome, com intimidade. Outro parêntese: adoro isso de escrever no passado, já sabendo o fim da história. A morte, assim como a ficção, dá esta liberdade de dispor de tempo e espaço, uma liberdade que pouco consegui usar em vida e da qual abuso agora. Como ensinam os livros de autoajuda, nunca é tarde para começar, não é mesmo?

Voltando à vida prática: vá, por favor, ao meu escritório (acho que ainda não deu tempo de desmontar a casa, até porque não há ninguém que o faça) e busque, sobre a prateleira "Walter Benjamin", aquela lotada de livros que resultariam num livro que nunca existiu, uma pasta retangular de couro, grossa e marrom. Você não a conhece, pois foi feita exclusivamente a meu pedido. Nela há envelopes pardos e transparentes, alguns cartões e fotografias, parte daqueles caderninhos que eu colecionava, folhas coloridas e uma carta destinada a Enrique, que deve ser entregue a ele em separado e lacrada.

Tudo que está ali é um resumo do que minha vida foi nestes últimos tempos, lutando contra a incapacidade completa de realizar um segundo livro ou de me livrar completamente do impulso, para mim destruidor, da escrita. O que está ali é tudo que nos últimos tempos consegui produzir – e por "produzir" não entenda necessariamente o que chamam por aí de literatura. O que há ali, principalmente, é uma coleção de poucas imagens e textos – não são "originais" em nenhum sentido da palavra, mas apenas "textos", escritos que são quase objetos e podem tratar de tudo o que você imaginar ou quiser imaginar, embora a imaginação não seja, absolutamente, o meu forte.

Não escrevi nada disso especificamente para mim, para você ou para ser ignorado mais uma vez por PrP. Por algum motivo que, espero, fique claro de alguma forma, algum dia, gostaria que Enrique lesse isso ou pelo menos recebesse a papelada. Acho que ele – e você, agora – precisa saber que foi em seus livros que encontrei a descrição, exata, de minha patologia essencial: o Mal de Montano, aquele que aflige a todos que desconhecem os limites entre o escrito e o vivido e, por isso, não sabem nunca quando estão vivendo ou encenando, registrando o que viveram ou o que imaginaram, falando de si próprios ou dos autores que costumam citar em todas as ocasiões.

Na verdade, o que tenho – ou melhor, tive – é uma mistura do Mal de Montano com a "literatura do não", de que ele, Vila-Matas, também tratou num livro sobre os escritores que, em um determinado momento, depois de terem escrito e em alguns casos até se consagrado, renunciaram à vida literária de uma forma radical. Nunca entendi, sinceramente, o que é o reconhecimento literário e de que ele vale.

De Montano, tenho a indigestão do que li; de Bartleby, o padroeiro do "não", a angústia pelo que não escrevi. Mas jamais, nem num caso nem noutro, a aura do gênio, a "obra" relevante. Esta mistura bem poderia chamar-se "síndrome de Vila-Matas" se eu fosse um médico dedicado a estudar e catalogar distúrbios lítero-psiquiátricos.

Mas não quero e nem haveria por que dedicar um livro ou um ensaio a ele – no máximo, quem sabe, uma das insossas resenhas que publico na eterna troca de favores da vida literária. Talvez o mais correto fosse escrever contra ele, mas antes que você pense, e aposto que já pensou, "lá vem ele com sua paranoia", quero apenas que entregue a Enrique este amontoado de coisas. Por favor, não faça cópias de nada. Depois de muito tempo recuperei o gosto por escrever à mão, cada página é um exemplar único e assim deve permanecer.

Pensando bem, se quiser, minha Sofia, você e só você pode fotografar o que bem entender, lembrando que, antes de mais nada, essas coisas saíram quase sempre da mão e raramente da cabeça. Mas, por favor, e eu a esta altura já não tenho constrangimento em te fazer pedidos, pois se você não atendê-los não estou aí mesmo para me frustrar, não caia na tentação de sequer ensaiar uma tentativa de publicação. Ver tudo isso impresso, esquecido num canto de livraria, seria, para dizer pouco, incoerente. O que escrevi interessa antes de mais nada a mim e, talvez, quem sabe, a Enrique, colecionador que é de esquisitices literárias. Acho que a pasta também pode te despertar a curiosidade – fique à vontade para remexê-la como achar melhor.

Para facilitar seu trabalho, esbocei uma forma de abordagem em um primeiro e-mail (ele lê em português, creio, pois vive citando Pessoa, e, aqui e ali, posso ver que também anda por Portugal):

Caro Enrique,

Meu nome é Sofia, sou fotógrafa, vivo no Rio de Janeiro e tenho em mãos uma encomenda para você. Na verdade, tenho como missão que você, que não me conhece, aceite encontrar-se comigo em Barcelona ou em outro lugar que preferir e receba alguns papéis deixados pelo escritor brasileiro Théo A., morto recentemente.

Você certamente jamais ouviu falar dele e eu digo assim, "escritor", para que esta carta faça o mínimo de sentido. Théo foi advogado e publicou um único romance, Abandono, ao qual se dedicou por quatro anos. Foi recebido, não sem fanfarrocine e exagero, como uma revelação, o mais leve dos elogios constrangedores que despertou nos resenhistas e acadêmicos de plantão – duas teses foram escritas sobre sua "obra" (aspas necessárias). Mas, depois disso, nada mais aconteceu, ou seja, não conseguiu escrever mais nenhuma linha. Continuou, no entanto, ligado à literatura, aos escritores, aos meios literários. Mas escrever, que é bom, babau. (Aqui é melhor mudar, como traduzir "babau"?)

Parece que só mesmo ele esperava a própria morte. Pegou-nos de surpresa a todos, seus amigos. E a mim, que fui sua mulher (se quiser mudar aqui, também pode, ainda que facilite a abordagem), *deixou a incumbência de entregar-lhe, necessariamente em mãos, uma pasta cheia de escritos dos quais eu mesma só soube da existência quando recebi uma carta de "instruções" depois de sua cremação e do que se seguiu a ela – eu posso lhe contar tudo pessoalmente, esperando, com sinceridade, encontrá-lo em breve.*

Acho que este é um resumo do que posso explicar de imediato. Não se assuste, pois Théo não tinha nenhuma segunda intenção, de indicação para publicação, elogio público ou citação — isso posso garantir. Ele só queria mesmo que estes papéis chegassem até você. Me despeço na expectativa de que aceite o encontro. Lembro ainda que, somente por insistência dele, não posso remeter esta pasta pelo correio. Um extravio acabaria para sempre com minha própria paz.

Atenciosamente,
Sofia

Tenho dúvidas, aqui e ali, se você deve tratá-lo por "você" ou "senhor" e também se é preciso explicar tudo ao Rodrigo ou se é melhor não explicar nada. Talvez o mais prudente seja jogar fora este texto e escrever do jeito que você achar melhor, desde que mantendo esta linha de raciocínio.

Fique tranquila, meu amor, que você não voltará a receber estas cartas que acredito assustadoras — eu detestaria receber mensagens além-túmulo ou, como seria mais próprio no meu caso, além-pó. Aproveite a viagem, pense que não será tão difícil assim ficar uns dias em Barcelona, em Lisboa ou Buenos Aires. Se você não se importar com um pouco de nostalgia e se o destino for a Espanha, fique no lugar de sempre, longe das novidades. Mas, ao contrário da ida a Paris, neste caso hotel e outros lugares são indiferentes. O que importa é apenas encontrar o destinatário.

Um beijo
Théo

O INVENTÁRIO DA PASTA

Estimado Enrique,*

Quero de volta minhas ideias. Quero de volta minha vida. Cansei de ver umas e outras diluídas por você, disfarçadas e reaproveitadas como temas de conferências, crônicas, contos, artigos, romances. Exijo que você pare imediatamente com isso.

Na primeira vez que o li, o *Bartleby* comprado em Barcelona, julguei ter encontrado um par. Como é frequente quando se tem esta sensação, descobri em você um insidioso e diligente inimigo. Daqueles que não dão trégua.

Em *Montano* ainda julguei me divertir, as confusões dos diários, as histórias inverossímeis demais para serem inverossímeis. Mas na *História abreviada da literatura portátil*, que não conhecia, você já se insinuava, desde o início, como aquele que se revelaria despudoradamente em *Paris não acaba nunca*: o usurpador de minhas mitologias pessoais. O adversário.

Está lá o Walter Benjamin a que me dediquei tantos anos infrutiferamente, sem conseguir dar consequência nem mesmo a uma viagem a Portbou. E

---

* Papel vergé branco 120 gramas, 21,59x27,94cm, manuscrito, caneta-tinteiro azul, envelope fechado com um selo de cera negra, endereçado "Para Enrique" na mesma tinta da carta.

também a infelicidade de Kafka, que me causou uma espécie de trauma de formação, imaginando o homem profundamente melancólico como o sinônimo do escritor – em tempo de pouco dinheiro, cheguei a ir a Praga e voltar ainda mais desencantado. Você botou as patas até na Lisboa que descobri há pouco tempo e que julgava propriedade exclusiva de Pessoa ou mesmo de Tabucchi. A Paris dos detalhes, dos quartos do Lennox, da Compagnie, do Bonaparte. De Bove e Duras.

A propósito, você não tem direitos sobre a velha Marguerite, não pode inventar que morou num quarto alugado por ela na Saint-Benoît – sim, eu bem sei que você inventa tudo o que diz ser verdade, mitômano bem-sucedido e premiado e convidado para festivais literários. Mas Duras é minha também, de um tempo em que, às minhas próprias custas, tropeçava em cada vírgula nas tardes inteiras gastas na biblioteca da Maison de France, vigiados por Mme. Madeleine. De um tempo em que Paris, para mim, era algo distante. Mas acreditava que a literatura falava francês mesmo quando brasileira.

Não só temos a mesma idade como nascemos quase no mesmo dia, se é que as datas também não são uma falsidade, uma fabulação da sua biografia. Ninguém sabe nem saberá onde começam a sua vida e a de seus personagens, mas de meu mundo eu sei e, por isso, sei que foi dele que você levou tantas histórias, tantos livros, viagens e referências.

Você não tem o direito de tornar tudo isso seu, de beber a minha bebida, de beber demais até, de dedicar seus livros a Paula, de ter uma Paula como a personagem principal do único livro que publiquei, o único que saiu destes dedos sem o medo de fazer o já feito, de ser afogado pela falta de originalidade do mundo. E que mesmo assim naufragou, ainda que no reconhecimento dos críticos.

Acho que devemos nos encontrar e botar tudo isso em pratos limpos. Nem que seja postumamente ou através de livros – o que é praticamente a mesma coisa.

Théo

Treze instruções para *Montano*
(e para mim mesmo)*

1. Toda obra tem que caber em uma pasta: em caso de emergência, pode-se morrer com ela.
2. Só interessa o que se pode escrever.
3. Não interessa o que só se pode escrever.
4. O inverossímil é, sempre, a verossimilhança mais rigorosa.
5. Livros e putas viciam e custam caro.
6. Livros e putas nem sempre (quase nunca) valem a pena.
7. Só é relevante o detalhe.
8. Mais importante do que as obras é o que acontece com os escritores enquanto tentam escrevê-las.
9. Mais importante ainda é o que acontece com os escritores quando não conseguem escrevê-las.
10. Não existe "escrita íntima": o que se põe no papel é para ser lido.
11. Toda biografia é bibliografia.
12. A diferença do diário para o livro é a tiragem.
13. Tudo é diário.

---

* Crayon preto e azul sobre cartão de origem não identificada. Anotações minúsculas a lápis, ilegíveis, no verso.

Notícias da desintoxicação*

Meu querido irmão,

Aqui nos tratam muito bem. Mas não sei quanto tempo conseguirei enfrentar as privações com o mínimo de dignidade. Pelo menos se eu tremesse e suasse, como naquela época em que parei de beber, poderia reconhecer os sinais do que me falta e preencher com fantasias as minhas carências. Mas o sintoma do início do "processo", como chamam aqui o tratamento, é uma angústia fina, que não chega nem vai embora de vez. As noites me são garantidas pelas gotinhas sublinguais, que me apagam ao ponto de me deixar sem sonhos, ou pelo menos sem condições de me lembrar deles. Imaginação, eu nunca tive.

Meus dois vizinhos de porta, no andar de cima da casa, estão na mesma situação que eu: conseguiram uma vez e, depois, nunca mais, vivendo, a partir de então, no tormento do quase e do talvez. Ela deve ter a idade da Sofia, um pouco mais velha talvez, e por isso um caso mais difícil – teoricamente ainda tem tempo pela frente e, inevitavelmente e para sua desgraça, esperança. Ele parece ter uns três anos a mais do que eu, começou ainda mais tarde que eu e, pelo menos do meu ponto de vista, está mais perto da cura. Mas, até por recomendação dos monitores, conversamos pouco, pois a conversa puxa os velhos e mesmos assuntos, a troca das experiências comuns, o risco de reacender a possibilidade. E aí, sabe como é.

Todos os dias somos acordados às oito. Quase sempre já estou desperto há umas duas horas, olhando para o teto, quando Celeste, su-

---

* Conjunto de seis cartas, não enviadas e endereçadas a destinatários diversos, em folhas de diversas procedências. Os envelopes foram fechados e, posteriormente, rasgados na borda, como se tivessem sido abertos por seus destinatários, mas não há sinais de postagem. Enfeixados por um elástico amarelo e envolvidos em um papel onde se lê, rasurado, "Diário da desintoxicação" e, logo abaixo, "Notícias da desintoxicação". Textos a lápis e a caneta-tinteiro, alguns sobre colagens.

postamente responsável por nosso bem-estar, dá três batidas secas e burocráticas na porta. Seu nome é uma alusão ao fim do desprezível Marcel, e eu, barbado e deitado em minha cama, custei a ver nela apenas a loura oxigenada e magérrima, quase ressecada, que nos avisa, quase exasperada e com voz curtida em anos de fumo, que o café da manhã "está servido".

Lá embaixo, no pátio do casarão, encontramos os outros quatro. Um deles, o jovem com cara de atormentado, é o mais antigo – vive aqui voluntariamente e viaja de quando em quando falando a públicos diversos sobre o método. É difícil imaginá-lo diante de qualquer plateia, dando palestra ou testemunho. Enquanto está na casa, vive grudado, quase o tempo todo, ao que ele chama *gameboy*. João Arthur é seu nome e, dizem, também chegou aqui por conta própria. Seu mutismo dá aquela sensação transmitida por alguns animais, que parecem sempre a um passo da fala.

Salomão deve ter por volta dos 40, tem uma aparência saudabilíssima e nós acreditamos (na verdade eu acredito, aqui não há nós) que seja pago pela direção como parte de, digamos, um marketing agressivo. Se gaba de contar como vai e vem quando quer, não está hoje mais preso a nada e a ninguém. Um tempinho fora, um tempinho aqui dentro e vai levando a vida assim, com aparente tranquilidade. E, garante ele, com pouca ou absolutamente nenhuma vontade de escrever.

As outras duas mulheres quase não vemos (não vejo). São as únicas, até onde sei, que foram trazidas rigorosamente à força – parece que uma, de uns 50 e poucos anos, pelo marido; e a outra, jovenzinha, pelos pais. À noite, escuto passos no jardim e fico imaginando se não seriam elas, rondando algo que nem sabem o quê. Mas não chego a me animar a desviar os olhos da televisão, uma fonte perfeita de esgotamento das minhas possibilidades.

Depois do café, tenho tempo livre para nadar na piscina, o que me faz um bem enorme, e caminhar, o que me deixa ainda mais feliz. Costumo sair sozinho, acompanhado apenas por Jorge, funcionário que, nestes momentos, se dedica exclusivamente a me vigiar, ou melhor, a me acompanhar. Com ele em silêncio, subo e desço as ladeiras em torno da clínica. Boa gente, ele, tem uma memória extraordinária e sabe de cabeça todos os pacientes que já passaram pela clínica – embora para mim não diga seus nomes, apenas estatísticas de quanto tempo cada um ficou, os que foram bem-sucedidos, os fracassados. Quando não me escolta no sobe e desce das ladeiras em volta da clínica, faz palavras cruzadas sem parar e, outro dia me mostrou, cria diversos passatempos e charadas. Todos aparentemente impossíveis de serem resolvidos por uma inteligência média.

Volto da caminhada e, antes do almoço, tenho minha primeira sessão individual. Para minha diversão, Silvia, este é o nome da terapeuta, é muito deprimida para cuidar de alguém – ou pelo menos parece ou se faz de deprimida, tudo pode ser uma estratégia. Faz as mesmas perguntas quase todos os dias, com ligeiras variações, para me testar. Já percebi, mas mesmo assim me deixo examinar docemente, programando de vez em quando sutis contradições que ela anota com o prazer sádico de quem pega alguém em flagrante. Me mostra fotos conhecidas e desconhecidas, pede que eu fale o que me vem à cabeça. Anota muito. Deve ser para uma espécie de laudo final ou, como quer o doutor W., o Relatório – ele se refere ao futuro documento como se falasse em maiúsculas.

O almoço seria, teoricamente, uma festa. Comida farta e, apesar de deformada pelas prescrições da vida saudável, saborosa. Seria hora boa de conversar, para mim, como você sabe, comer e falar são prazeres indissociáveis, mas, sabe-se lá por quê, todos mastigamos calados, talvez remoendo nossos silêncios, metafísicos ou idiotas, junto com a pasta bem triturada. O método RW é assim: deve-se ocupar a cabeça com tudo o que de mais concreto e óbvio, sendo aconselhável passar em revista o roteiro do dia, o que se fez, o que se falou, para onde se vai. Sessões, caminhadas, terapias, tudo detalhado. É assim que eles tentam nos aferrar ao óbvio e cotidiano, ao tangível e ao útil. Ao mecânico, ou seja, ao ideal.

Tenho tempo para um sono depois do almoço e, à tarde, vêm os exercícios em grupo, os mais difíceis – pelo menos para mim. No silêncio absoluto de um salão no térreo, procuram nos ensinar a não sair, nem por um minuto, das nossas percepções imediatas. É muito importante não fabular ou cair na tentação de narrar. É preciso ouvir leituras de textos aborrecidíssimos, intermináveis perorações acadêmicas sobre os outros e nós mesmos. Sim, isso mesmo: nesta fase, misturam-se textos neutros e sem graça com outros que analisam o pouco que cada um de nós escreveu. Dificilmente nos reconhecemos neles, mas todos são seriíssimos e, aos poucos, vão realmente corroendo os velhos impulsos.

Termino o dia exausto e, antes de me recolher, uma sopa e a falta de substância de raras palavras trocadas com meus companheiros indicam que, pelo menos em tese, tudo caminha como o esperado. Não sei quanto tempo vou suportar, afinal tenho pouco mais de uma semana aqui. Mas não custa nada tentar, não é?

Jorge levará a você este bilhete, que a esta altura virou carta. Por favor, dê um dinheiro a ele. Um dinheiro qualquer. A correspondência, qualquer uma, é estritamente proibida e ela só acontece por conta da boa vontade desse homem digno. A vigilância sobre os papéis obriga que tanto assunto coubesse nesta página velha de agenda que consegui na sala de terapia. O 27 de junho de 1996, como você certamente já percebeu, já se foi há muito tempo.

Um beijo,
do teu irmão
Théo

Prezado doutor Roberto W.,

Li há não muito tempo o seu utilíssimo *Tratado geral das vocações interrompidas* e, depois de muito titubear, decidi escrever para o endereço impresso na última página do livro, ainda que estranhando a ausência de um e-mail ou site. No fundo, gostei da ideia de escrever uma carta que, espero, alcance a suposta caixa postal de sua clínica.

Para poupar tempo, gostaria de solicitar meu internamento o mais rápido. Sei (li o livro, apesar de, francamente, deplorar a tipografia e mesmo a impressão, ambas abaixo da crítica) que o fato de me apresentar de forma espontânea só faz acelerar o tratamento, por isso considere esta como um pedido de ajuda imediato. Tentarei a seguir contar um pouco de minha história, embora, como o senhor deve entender, a narrativa seja precisamente uma de minhas deficiências mais dramáticas.

Parei de escrever há oito anos, ou melhor, não consegui produzir mais nada depois de ter um livro publicado. Até coisa de uns dois anos ainda vivi a expectativa de que tudo voltasse ao normal, mesmo sem saber direito o que configura esta normalidade. Neste tempo, continuei tomando notas, fazendo planos, discutindo possibilidades, participando até de debates públicos sobre a escrita – e eventualmente recebendo algum dinheiro por isso, o que achava fraudulento e deprimente mas não muito distinto de alguns dos meus, digamos, pares.

Esta expectativa prolongada, só há pouco descobri, é a manifestação mais inequívoca do Mal. Esta espera sem fim, como o senhor deve saber, é alimentada por uma quantidade brutal de leituras, todas desorganizadas e seguindo apenas uma busca um tanto errática, alimentada por uma expectativa de encontrar nesta ou naquela página a centelha que vai encurtar o caminho entre a cadeira de leitura e o computador.

O desenho deste caminho é tão irregular que seria bobagem ao menos esboçá-lo aqui. Mas eu arriscaria enumerar vários elementos: a leitura dos clássicos que não conhecemos na paranoia de preencher buracos de formação, ignorâncias eventuais ou crônicas; o acompanhamento fiel da carreira dos escritores que amamos e que continuam publicando; os surtos de obra completa, quando descobrimos um autor e queremos ter em casa tudo dele, mesmo que jamais toquemos os livros; a descoberta de autores que não leremos, que nos foram apresentados por outros escritores e que passamos a cultivar pela bizarrice ou excentricidade de uma obra ou por sua biografia, mirabolante ou sedutoramente banal; a busca de autores em arte, filosofia, psicanálise, enfim, em tudo o que não seja literatura mas que possa nos auxiliar, como se a imaginação precisasse de notas de pé de página, referência bibliográfica ou índice de ideias.

Este foi, senhor diretor, o fermento perverso de meu intervalo, de meu hiato, a que já ia chamar "crise" ou "bloqueio", mas que, no fundo, não tem a grandiosidade de uma revisão radical de valores ou a dramaticidade de uma criatividade interrompida. Não, nada disso. O meu intervalo é o que me mata.

Soube, ao me deparar com seu livro (aconselho, aliás, refazer a capa, pois não é porque o senhor financia a edição que se deve ignorar os rudimentos da arte), que o método RW pode ser eficaz para anular o que ainda se move nesta angústia, que dá a ela vida e pujança. Gostaria de pedir mais detalhes do tratamento, mas me contento em, pegando um atalho, fazer as malas e desembarcar aí nos próximos dias se o senhor me garantir que esta vontade pode ser eliminada como, dizem, elimina-se a necessidade de fumar ou beber.

O diabo é que, ao contrário dos vícios convencionais, que conheço bem, este não traz prazer físico, tangível, imediato. Não é sequer uma compulsão digna de constar na literatura médica de nossa triste civilização. É um mal surdo, desimportante em termos gerais, mas do qual gostaria de me livrar o quanto antes.

Envio com esta uma cópia de meu romance, das críticas favoráveis a ele, do que venho escrevendo sobre os romances dos outros e uma lista, detalhada, de todos os livros que li ou passei os olhos nos últimos cinco anos – os títulos são ordenados pelo dia em que comecei a lê-los. Cada um deles traz ao lado um sinal gráfico diferente que indica se fui até o final, apenas passei os olhos ou li trechos saltados. Espero que tudo isso seja suficiente para uma resposta sua, que aguardo o quanto antes. Pois escrever, como o senhor bem sabe, pode ser nada mais do que um sofrimento.

Atenciosamente,
Théo A.

Sofia, meu ex-amor,

Será que existe algo como isso, "ex-amor"? Aqui, como você sabe, não há telefones nem os e-mails que abomino mas aos quais me rendi, precária escrita, mas ainda assim escrita. Por isso te escrevo desta forma, com uma letra que, você já percebeu, mal lembra os garranchos que te são familiares. Esta carta é um dos primeiros resultados de uma das "oficinas", como se chamam aqui as sessões terapêuticas a que nos submetemos todas as tardes. Estou reaprendendo a escrever – caligraficamente, bem-entendido.

A ideia é muito simples mas, acho, não muito óbvia: mais importante do que "o que" se escreve, é o "como" se escreve. Assim, relaxamos a necessidade de ter o que expressar, ainda que a escrita se torne um extenuante exercício físico. No lugar do estilo, a caligrafia, simétrica como a couraça abandonada por um inseto. Imagine Glenn Gould simplesmente seguindo as partituras das *Variações Goldberg*, abstraindo seu sentido e praticando-as diariamente como você vai à academia – de ginástica, digo. Não seria Bach, não seria música – mas a coreografia da música, satisfazendo cabeça e corpo com as enzimas liberadas por este exercício localizado.

Pois a ideia é que, assim, com meus tendões doendo a princípio e logo ágeis e flexíveis, eu escreva cartas, diários ou o que me vier à cabeça sem pensar em personagens, tramas, efeitos poéticos, metáforas ou cortes. E muito menos em leitor. Tudo o que há, querem nos fazer crer, são raciocínios sucessivos, não importando se são desconexos ou compulsivos. E eu agora acredito.

Quando entrei no salão de janelas altas, cheguei a ficar trêmulo. É mais impressionante do que aquelas papelarias incríveis nas quais fui me viciando com o tempo. A quantidade de papéis, canetas, lápis, bloquinhos e cadernos é alucinante. Há ainda caixas e caixas de fotografias velhas, cartões-postais, revistas antigas para recortar. Parece a sala de terapia de um hospital e, de certa forma, é isso mesmo o que ela é.

A ideia é que cada um dos internos faça contribuições a este acervo e já pedi que meu irmão, aquela nulidade, enviasse para cá uma caixinha cheia de ingressos de cinema, shows, museus, que venho guardando há tanto tempo sem um objetivo definido. Muitos destes pedaços de papel irregulares são, aliás, pedaços do que vivemos juntos.

No acervo do salão há também livros velhos, que atacamos com voracidade – e não no sentido da leitura. Estou particularmente entusiasmado com as frases que venho acrescentando, com crayon, às páginas da primeira edição americana, de capa dura, de *Austerlitz*. Jamais ouvi falar do livro, que tem uma capa deslumbrante (a fotografia antiga de uma criança, em trajes que mais parecem uma fantasia de carnaval) e, como todos os outros, foi doado por antigos internos. Assim como os livros de minha biblioteca particular, este não traz o nome do dono, datas ou cidades. Está marcado com o que interessa: trechos sublinhados, alguns em cores diferentes, poucas anotações em suas margens.

Não li uma linha de *Austerlitz* (sinal de que o tratamento já faz algum efeito), mas, folheando-o, vejo fotos encaixando-se no texto, imagens e palavras misturados. Estou anotando, nas margens e às vezes em papéis colados sobre o texto, frases de que me lembro de cabeça, sobre qualquer assunto.

Fiz uma lista dos livros de minha biblioteca que serão transplantados para cá. Assim que chegar, recortarei trechos de Walter Benjamin para juntar a outras páginas e imagens. Me alivia que para recortar eu precise apenas de uma tesoura e não de aspas.

Um beijo,
Théo

P.S.: Um antigo interno, que se assina Alex, fez algo admirável: um enorme painel forrado por páginas de *Manuelzão e Miguilim*, que cerca um núcleo com trechos literalmente arrancados de Asimov. Há notas na margem dos textos, rabiscos, e uma pátina verde e azul formando um retângulo dentro do quadro. Esta colagem está na parede, exemplo e objetivo para todos nós.

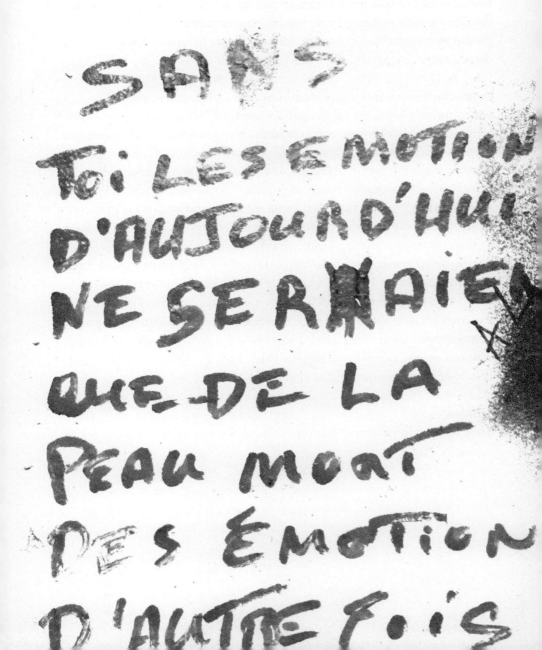

Sofia,

A exemplo da carta anterior, esta também não será enviada a você. Nem a ninguém. Os tendões ainda doem, mas estou ficando craque em reduzir minha letra ao mínimo inteligível. Aliás, nem sempre inteligível. Minha terapeuta, Silvia, que é distante e fria, gelada mesmo, diz que estou evoluindo. Para ela, o fato de que eu já escreva da direita para a esquerda ou de baixo para cima é bom sinal. Meus parágrafos hoje são o que são: blocos de texto, que disponho como me dá na telha.

Parte do tratamento inclui também outros estímulos físicos, alguns francamente ridículos como uma monótona ginástica – como você sabe, só as caminhadas me interessam. Outros são mais interessantes, como a leitura sistemática de livros de culinária e, se o paciente assim desejar, a execução de algumas das receitas. Apesar de a bebida ser substituída por líquidos nutricionalmente corretos e detestáveis, ainda me animo a ir para a cozinha, onde me perco provando misturas e, é claro, alterando-as.

Para te ser franco, hoje não me interessa mais nada que não tenha gosto ou cheiro – li ou ouvi isso em algum lugar e não consigo parar de repetir, é um mantra, uma nova orientação para a vida. Uma consequência natural de tentar abandonar o vício da escrita, da tentativa, da expectativa.

Por isso, os livros que me seduzem ou são muito velhos e gastos ou novíssimos – ambos têm cheiros peculiares e que muitas vezes compensam a leitura. A tela branca ou azulada, que eu insistia em desafiar, é nada mais do que uma poça d'água parada. Nela, as palavras sabem a nada, boiam sem destino.

Foi só aqui que entendi por que, no último ano, aquele em que vivemos mais separados do que juntos, passei a interessar-me cada vez mais pela cozinha; e, tardiamente, pelo prazer de ter o maior número possível de mulheres, pagas em sua grande maioria, antítese do amor idealizado que tanto tempo nos uniu, um amor idealizado e quase casto nas sucessivas descobertas e confirmação de afinidades. O que me move, neste tempo, são animais mortos e animais vivos, passando pela língua, passando pelo sexo, esmagados entre os dentes, fazendo ruídos, liberando visgos. Carne, sangue, líquidos. Palavra, não.

Hoje não me interessa mais nada que não tenha gosto ou cheiro, dizia. Por isso também descobri finalmente a utilidade de minha imensa coleção de caderninhos, guardados há anos, virgens como uma menina ou mofados como uma velha polvilhada de talco. Todos eles convidam a uma ação concreta, física. As páginas amareladas e poeirentas, que me provocam uma fortíssima alergia; o cheiro de fábrica do papel macio, ainda não exposto à passagem do tempo ou isolado dela por uma fina película de celofane.

Descubro novos prazeres quando, no silêncio absoluto, ouço o lápis sulcando com força as páginas pautadas, em branco ou quadriculadas – aquelas que parecem destinadas a gráficos e sistemas. Desprezo os microcadernos de botar no bolso, pois estes merecem mesmo ficar esperando as ideias geniais que nunca vêm. Os Moleskines, que colecionava antes de virarem moda, também são interessantes: ainda guardo alguns manchados de vinho e café, companheiros constantes em cafés bem longe do Rio, bem longe do Brasil, em Paris de preferência, de preferência no inverno, quando minha pobre juventude me impulsionava a buscar no frio uma suposta inspiração, ideia jeca do escritor como um europeu ensimesmado na mesa apertada de um café tão caro e tristemente turístico quanto a Torre Eiffel.

Hoje só me interessam a caligrafia, os rabiscos coloridos, a dor que sinto ao desenhar letras cada vez menores. Para, enfim, submergir. Ou me salvar de vez.

Te beijo,
Théo

PrP, meu próximo, meu irmão

Estou afastado voluntariamente de minha vida. E desta distância vejo como a excessiva proximidade com os livros tem me feito um mal incomensurável. Internei-me para resolver de uma vez este eterno esperar por nada, fermentação que não resulta em um sabor raro e é inequivocamente o que parece: lento e inexorável apodrecer.

Daqui, fica mais claro o quanto você é responsável por tudo isso. O quanto me intoxica com leituras que não desejo, com perguntas em demasia. E sobretudo com sua indiferença de leitor, que francamente ignora o que lhe envio nas poucas vezes que, vencendo incontáveis inibições e bloqueios, lhe ofereci algo para passar os olhos.

Você não receberá esta carta, mas através dela eu rompo com qualquer laço que tenha nos unido até hoje. Acho que fiz muito por você e pela editora de nome ridiculamente pretensioso, pouco pelos autores que você publicou e rigorosamente nada por mim. Ao contrário do que possa ter parecido até hoje, não fico à vontade no figurino machadiano do homem que morre de bem com a humanidade e mal consigo mesmo.

Por isso, nunca mais a escrita de resumos cretinos de livros cretinos, cretinos ainda que importantes. Nunca mais as leituras de quiméricas propostas de livros que não existem, nunca mais as histórias medíocres que misturam partes de outras histórias medíocres em busca do sucesso medíocre. Nunca mais, para resumir, a caftinagem consentida do mundinho literário.

Hoje fechei definitivamente a loja, me encaminho para a cura, te digo adeus. E, para não deixar de lado uma nota literária, porque não é de uma hora para outra que a gente se livra de velhos vícios, repito o Otto, o meu querido Otto que você jamais admirou e jamais poderia admirar, tenho certeza, pela ausência de afetação. Dizia ele: abraço e punhalada, só se dá em quem está perto.

Da distância, segura, longe do teu abraço afetuoso, lâmina afiada, te digo um adeus desinteressado e definitivo.

T.

Caro Max,*

O velho conseguiu me explicar por que visitamos com veneração túmulos de escritores e poetas mesmo que, muitas vezes, não gastemos um só minuto de nossas vidas com flores para mãe e pai, irmão ou filho. É que eles, depois de mortos, continuam falando conosco, prosseguem a conversa que se estabeleceu na primeira vez que os lemos. Em família, como você bem sabe, a conversa costuma continuar como fantasma e trauma – nada diferente, aliás, do que acontecia quando estávamos todos no mesmo mundo.

Fico pensando, meu caro Max, nos teus assombros ao estar só ao lado de Kazantzákis, abandonado por Deus como o Antonio do outro grego, ou ainda quando, atormentado nas alamedas do São João Batista, encontrei consolo em Nelson, sentado à sua máquina absurda, torrando naquele sol desolador. Visitar tolamente estes túmulos, mesmo que para deixar um bilhete insano, é negar o fim; não a morte, mas o fim. Pois a vida continua é na palavra.

Assim como não temos mais originais, não teremos mais túmulos: só cinzas. Nosso desejo de eternidade, meu amigo, está definitivamente perdido. Não há mais pistas, não há mais memórias de além-túmulo. Há, isso sim, silêncio e esquecimento. Não podemos nos queixar: é o fim mesmo. Em poucas gerações não haverá nada, nadinha a cultuar.

Meu caro Max, a cremação para valer é o silêncio definitivo. Nem eu nem você viemos do pó. Não é isso. Nós viemos é do nome e, com a extinção dele, chegamos ao fim. Vieste do nome e ao vazio voltarás. Talvez nossos livros jamais sejam lembrados. Você morre quando seu nome desaparece, não é mais pronunciado ou lido pelos que te amam e pelos que te odeiam. Por isso precisamos igualmente de amores e inimigos.

---

* Manuscrito no verso de uma folha A4 cópia xerox de um mapa do cemitério de San Michelle fornecido pela prefeitura de Veneza. Estão assinalados os túmulos de E. POUND, J. BRODSKY e I. STRAVINSKY.

Mas o inimigo real é aquele que promove, insidiosamente, o esqueci-mento, aquele que cala e faz calar. Às vezes, é o mesmo que ama.

Te abraço,
Théo

Diários de Paris*
(10 a 26 de outubro de 2004)

10.10

Tenho certeza de que esta é minha última temporada em Paris. Talvez por isso tenha cedido à prática detestável do diário, à sensaboria do dia a dia ou, ao contrário, à pretensão daqueles que acreditam ter grandes ideias depois de se aliviarem ou entre as refeições e, o que é pior, ainda se dão ao trabalho de registrá-las, como se estivessem à espera de uma posteridade improvável.

Cheguei no início da manhã e recebi tratamento de choque de um motorista de táxi que parecia saído das histórias de Asterix. Intoxicado por notícias de jornal, ele discutia a política local e expunha sua tese: se eu, mesmo brasileiro, branco e falando francês com razoável fluência, quisesse imigrar, tudo bem; mas estes árabes ignorantes, de jeito nenhum. Ao fim de apenas meia hora entre o Charles de Gaulle e Montparnasse, por isso gosto de chegar aos domingos, o tipo me dá um longo abraço e diz: *"Merci pour la France, merci pour parler très bien la langue française."*

Mal me acomodei no quarto, já debaixo do chuveiro, passei a achar que ele, o motorista gaulês, está certíssimo: não pelos árabes, evidentemente, mas pela minha "aceitação" por aqui, que não deixa de ser patética. Por que volto aqui, pelas minhas contas pela 37ª vez em mais de quarenta anos de viagens? O que venho buscar? Acho que nós, periféricos com um pouco mais de dinheiro, fazemos o pior teatro que se pode esperar: viemos em busca de um perfume de cultura como as peruas vêm em busca de Guerlain ou Kenzo. Somos

---

* Caderno Moleskine, 9x14cm, capa dura preta, 192 páginas sem pauta escritas em diversas direções em tinta azul, preta e magenta, desenhos nas margens e, na bolsa da última capa, tíquetes de cinema, metrô e contas de restaurantes.

as peruas-cabeça: em vez do Plaza Athenée, um hotel "charmoso" na Rive Gauche; em vez de chefs estrelados, a comida "de raiz" do Polidor, onde todos parecem ter saído há dois minutos de uma estreia de Truffaut ou, é claro, de um livro de Cortázar; em vez das filas da Vuitton, as grandes exposições de artistas dos quais jamais havíamos ouvido falar antes de chegar e dos quais saímos íntimos depois de hora e meia de visita.

Não vai ser fácil, é claro.

11.10

Estou aqui, na varanda do café debaixo do hotel, há uma hora. Raspail Vert é o seu nome – adoro estes nomes bizarros de cafés, este aqui fica no Boulevard Raspail, mas de verde não tem nada. Desta vez, não há com quem falar "cheguei bem". Comprei um daqueles cartões que permitem falar 857 minutos e meio descontínuos para a América Latina e não gastei nenhum segundo de meu fabuloso patrimônio. Quase liguei para Sofia ontem de noite, mas seria patético: "Olha, cheguei, está tudo bem." E o que ela tinha com isso? Nada mais, acho. Na verdade, acho que nem sabe que viajei.

Ontem andei a tarde inteira, me cansando bastante para tentar botar em dia o fuso horário. Passagem pela Notre Dame, *Primeiro amor* comprado por dois euros num *bouquiniste* e abandonado na mesa do almoço. Não há mais tempo nem vontade para Turguêniev, francamente. O cassoulet na Île de Saint-Louis estava bem melhor. Hordas de italianos, 30 euros em revistas, uma pera e quarto do hotel, isolado.

******

De volta ao caderno, fim do dia. Mudei a cor da caneta e o sentido da escrita. Me parece que ficará bonito assim. Esta manhã, deixei o Raspail Vert e fui direto ao cemitério de Montparnasse.

Um bolo de turistas amontoava-se diante do mapa que indica as "celebridades" que ficaram por lá. Sartre e Simone são Mickey e Minnie desta Disneyworld existencialista do além, então é mais do que justo homenageá-los, quem sabe comprar máscaras dos dois para sentar no Café de Flore e ficar trocando considerações inteligentes sobre o mundo conflagrado. Caminho apressado por motivo nenhum. Em frente ao túmulo de Gainsbourg, uma hippie de 17 anos, verossímil como uma nota de três euros e cheia de saudades do que não viveu, ouve, bem alto, *Ces petits riens*, que eu adorava quando música não era para mim sinônimo de um piano sem voz e cercado de silêncios. Sento um pouco adiante da garota, do som portátil vem agora *La ballade de Melody Nelson* e a irrealidade da cena me parece excessiva.

Será que viajei até aqui só para ter o que escrever? Não podia me contentar com um passeio no São João Batista? Talvez encontrasse uma bicha velha ouvindo um CD em frente à campa de Carmen Miranda, mas o mais provável era mesmo ser assaltado. Me pergunto se não seria mais fácil inventar a menina que ouve Gainsbourg. Seria, pelo menos teoricamente.

13.10

Dois dias sem o caderno. Andando e andando. Escrevo em retrospecto, preocupado que estou em cansar a mão e desistir. Francamente, depois de todo o esforço, esta recaída, como qualquer outra, não é bom sinal.

Esta é a primeira viagem depois de passar pela clínica. E é difícil garantir que o tratamento deu certo. Na prática, fico sem escrever, mas a vontade, lá no fundo, insiste. Vir a Paris nesta situação é a mesma coisa que um alcoólatra em recuperação passar uma temporada num bar: por ser teatral, esta cidade suscita gestos estudados. E duvido que todas estas pessoas escrevendo em cafés, como eu agora, tenham realmente o que escrever.

Aqui do meu lado, uma menina jovem, muito branca e gordinha, cabelos vermelhos, enche páginas e páginas quadriculadas de um caderno Claire Fontaine, uma espécie de Moleskine vira-lata que já foi meu fetiche favorito – tenho dezenas deles em branco, imaculados. Difícil imaginar o que ela estará escrevendo, pois ouço daqui, como uma estática, o que escapa dos headphones que tem grudados nos ouvidos, tamanho é o volume com que ouve seu iPod.

O doutor R. e seu horrendo livro sem dúvida marcaram um tento e conseguiram arruinar ainda mais a incapacidade de passar da especulação à palavra. Assumi a escrita como uma atividade manual, e de alto custo. Hoje, por exemplo, passei mais tempo em papelarias do que em livrarias. As pequenas pilhas de cadernos em branco já foram sinônimos de pesadelo, hoje me apaziguam mais do que prateleiras de livros, cheios, terminados, mesmo que, como justiça poética e em defesa dos escritores, possamos dizer que um livro nunca acaba em si mesmo. Mas a dura realidade é que eles são como túmulos de uma ideia. O fim, natural, de uma vida.

Amargura não tem fim. Só melhora quando, como agora, estou revezando cores, letras, pedaços de imagens, pedaços de vida. Escrever é cortar e colar e sulcar o papel e sentir cheiros.

Ainda uma coisa mais: o que as pessoas anotam nos museus? As legendas dos quadros? Impressões? Interpretações? O que tanto anotam? Será que leem depois? Consultam com que objetivo? Do que querem lembrar?

15.10

Minha incompetência para o diário é patente. Não consigo sequer dar sequência aos dias. Ficam estas imagens, como se pode perceber, sem conexão, pelo menos aparente, com o texto. É uma desculpa para o silêncio. Elas, as desculpas, encontro às centenas, aos milhares.

16.10

Não existe coincidência burra, dizia o Nelsão. Por isso, tento dar sentido ao que me aconteceu agora há pouco. Desta vez a cidade está me deprimindo – talvez a depressão típica das despedidas. Tirei a tarde para mergulhar num *cappuccino* no Bonaparte, em frente à Igreja de Saint-Germain-de-Prés, na hoje Place Sartre-Beauvoir. Daqui, longe da turistada que, a 100 metros, entope os terraços do Deux Magots e do Café de Flore, posso fingir que não sou o que sou, um turista igualzinho à turistada.

O encanto do Bonaparte é que, até onde eu saiba, não faz parte daquela opressiva rede de lugares pontuados por placas que dão conta de passagens de gente famosa – em Paris, principalmente de escritores. A adolescente americana que não sai do celular aqui na minha frente, por exemplo, não parece ter ambições literárias ou coisa que o valha, assim como a mãe de 30 e poucos anos que tenta manobrar um menininho francamente detestável e um copo longo de Orangina. Nunca, em tempo algum, posso garantir, alguém relevante escreveu algo relevante nestas mesas promiscuamente empilhadas umas nas outras.

Pois, ainda agora, cruzou a porta, parecendo um tanto atordoado, Enrique Vila-Matas. O próprio. Estou chocado em constatar que nós, eu e ele, nos parecemos muito fisicamente – e ainda nascemos nos mesmos dia e ano. Pela primeira vez na vida quis ter um celular, só para falar com Sofia e dizer que sim, eu tinha razão, nós, eu e Vila--Matas, éramos parecidos – o que ela refutava com a veemência habitual, sempre próxima a, digamos, deflagração de um conflito armado internacional.

Por um momento, temi que alguém no Bonaparte percebesse nossa semelhança, mas mesmo assim passei a observá-lo, o que foi fácil por sua posição, em pé, no balcão. Pude até mesmo ver que ele, sempre parecendo nervoso, virou duas doses de alguma coisa e saiu quase correndo pela porta. Simulando desinteresse, fui atrás. A tal Place

Sartre-Beauvoir, aliás, favorece uma boa perseguição, pois de praça não tem nada: é apenas um descampado entre a igreja e o prédio em que Sartre viveu na década de 50.

Andando aceleradamente, no limite da corrida, Vila-Matas passou diante da varanda apinhada de gente se exibindo do Deux Magots e, bruscamente demais para um perseguidor amador como eu, parou diante da vitrine da La Hune. Tomei coragem e me coloquei a seu lado, decidindo se iria falar o quanto seus livros haviam sido importantes para mim, ou seja, desempenhar o clássico papel do chato e inconveniente leitor participativo. Mas logo ele já conversava com um homem, com aparência de mendigo, sentado à porta da livraria. Fingi concentrar-me na vitrine, que inclusive exibia livros de um velho conhecido meu, brasileiro, escritor, medíocre e bem-relacionado, talvez não exatamente nesta ordem, e, quando me dei conta, ele já atravessava num pulo a Saint-Benoît e entrava no Café de Flore, o que não pude deixar de considerar uma decepção.

Pensei em entrar, mas segui adiante até a vitrine da Écume des Pages, minha livraria favorita, menos arrogante que a Hune. Na vitrine, de novo o brasileiro medíocre e bem-relacionado, ao lado de fotos intrigantes de Sophie Calle – o que Sofia deveria, absolutamente, ver.

O bom do diário é que não é preciso terminar as histórias, não é preciso que elas tenham um clímax e um desfecho. Pois não aconteceu rigorosamente nada naquele momento. Passei de novo na porta do Flore e julguei ter visto Vila-Matas conversando com uma mulher de cabelos longos. Logo depois, atravessei a rua e, vergonhosamente, levei um tombo improvável em frente à Brasserie Lipp. Fui até o sinal, cruzei de novo o Boulevard Saint-Germain e, com dores consideráveis na perna, instalei-me de novo na varanda do Bonaparte, onde ninguém jamais escreveu nada, nenhuma linha que tivesse alguma importância. Ao meu lado, um casal da minha idade, visivelmente clandestino em seu amor, agarrava-se e beijava-se. Diante da mesa, duas malas de mão. Com rodinhas. (Este último um detalhe típico de diários, acho que estou levando jeito para a coisa de mencionar uma banalidade como se transcendência fosse.) Saudades.

17.10

Dediquei o dia a passar pelos endereços parisienses de Walter Benjamin. Quando pesquisava para mais um livro abandonado, que teria WB como personagem ou presença opressiva, o que dá quase no mesmo, havia feito uma lista no caderninho que, desta vez, me lembrei de trazer.

A insossa rue Domsbale, onde morou no fim da vida, é encantadora justamente porque desprovida de qualquer interesse: não há placas comemorativas nem uma mísera livraria. Ninguém por ali, aposto, sabe que Benjamin viveu mais de um ano num apartamento provavelmente pequeníssimo. No Hotel Istria, uma placa dá conta da passagem de Man Ray, Maiakovski, Duchamp. Nada de WB, que segundo minhas notas esteve por lá durante um mês em 1933.

Neste mesmo caderno de endereços póstumos, está o telefone de Maurice Nadeau, fundador da *Quinzaine Littéraire* e amigo de WB. Liguei para marcar uma entrevista, mas quando alguém atendeu, desliguei com vontade e mal-educadamente. Haveria, nesta conversa que felizmente nunca aconteceu, uma falta de sentido constrangedora. O que diria ao velho Nadeau? Que planejava uma biografia? Uma tese? Ou, o que é pior, um "romance"?

Esgotado, me sento numa improvável casa de chá na Vivienne, uma das famosas passagens hoje transformada em ponto turístico de madames. Ali, como a carta roubada de Allan Poe, saltou-me aos olhos uma evidência terrível: por duas temporadas, a primeira delas em janeiro de 1930, Benjamin morou no Aiglon, exatamente onde me hospedo. Se toda coincidência é realmente inteligente, eu não o sou o suficiente para perceber a lógica desta que me pareceu apenas (mais) uma amarga ironia.

18.10

Cybercafé ordinário da rue d'Odessa. {algum cyber não é ordinário?} Navego rapidamente por minha desolada caixa postal e pelos jornais brasileiros. Pensei em enviar a Sofia um e-mail relatando todas as coincidências que me sobressaltam: Vila-Matas em carne e osso, o hotel em que Benjamin viveu, o eterno cerco. Queria escrever uma, duas telas, mas fiquei em duas linhas:
"Amiga,
Montano rides again."

19.10

Sonho: vi catálogos de uma exposição em que uma família costurava na própria carne fechos que abriam e dobravam suas peles, revelando as entranhas como uma reprodução tosca de Francis Bacon. Olhava tudo com repugnância até que me vi sendo internado, ao que tudo indica, num hospital para loucos. Me amarravam e sedavam, todos médicos cruéis de almanaque. E cheios de razão para agirem assim.

Acordei banhado de suor, a calefação em níveis amazônicos para uma temperatura de 13°. Já eram sete da manhã, abri as janelas do quarto, àquela altura um microclima tropical, talvez com desenvolvimento de alguma vegetação, e fiquei, tremendo, olhando para o cemitério. Aguardo aguda crise de simbolismos. {à toa, claro}

Passei o dia no Beaubourg e depois de muito procurar achei, meio escondido num canto, um único quadro de Bacon para mero efeito de comparação com a noite passada. O sonho era bem mais agradável.

20.10

Vago pelos mesmos lugares, à procura de nada.

Assim escreveria eu nas muitas tentativas de começar um romance. Agora, não mais. Repito e pronto: deixo Montparnasse caminhando, pois para mim Montparnasse é uma eterna noite, cruzo o Luxembourg e vou para a rue des Écoles. Ali, sou feliz entre uma livraria, um restaurante e um café. Na Compagnie compro, como em um ritual, um livro por dia. Atravesso a rua para almoçar no Balzar, espelhos nas paredes, um formoso joelho de porco, garçons irônicos e o gaiato maître de longos bigodes. Me abstenho do café, reatravesso a rua e vou tomá-lo, com um Calvados, no Le Sorbon, onde muitas pessoas praticam o esporte nacional dos cafés parisienses: anotações em caderninhos e, de um tempo para cá, laptops.

É aqui, no Sorbon, que procuro escrever para me acalmar da leitura de *Genius*. Cheguei a este texto por um acaso, interessado que sou em Giorgio Agamben, filósofo que seria uma espécie de herói secreto de meu sonhado livro sobre Benjamin: foi ele quem encontrou, escondidos ou esquecidos na Biblioteca Nacional de Paris, alguns textos importantes de WB.

Agamben lembra que, segundo os gregos, todos nós somos entregues a um deus chamado Genius. Como um bom deus de primeira linha, ele é caprichoso, exigente, mas tem uma particularidade: confunde o homem com o divino. A chave para manter seu Genius satisfeito, como se faz com um orixá, é, segundo Agamben, ser indulgente com ele, oferecer o que ele pede. Há, no homem, uma luta entre o Genius e o Eu. E aí vem o resumo implacável: "Suponhamos que o Eu queira escrever. Escrever não esta ou aquela obra, mas simplesmente escrever. Tal desejo significa: Eu sinto que Genius existe em algum lugar, mas há em mim uma potência impessoal que impele a escrever. Mas a última coisa de que Genius necessita é uma obra, ele que nunca pegou em alguma caneta (e menos ainda em computador). Escrevemos para nos tornarmos impessoais, para nos tornarmos geniais, e, contudo, escrevendo, identificamo-nos como autores desta ou daquela obra, distanciamo-nos de Genius, que nunca pode ter a forma de um Eu, e menos ainda de um autor."

Por muitos motivos, durante anos, negligenciei meu Genius. "Agora, aguenta, Théo", me diz o Genius. E repete. E repete. E repete.

21.10

Paris não acaba. Pelo simples fato de que não existe.

22.10

PrP me encontrou. Deixou recado na secretária eletrônica do hotel. Um longo recado, dividido em duas partes de tão longo. Passa por Paris depois da Feira de Frankfurt. Reservou mesa para amanhã no D'Chez Eux, onde conhece todos os garçons e é recebido como rei graças à poderosa lubrificação dos bons modos pelo fluxo das gorjetas. A comida é boa, a bebida é boa, mas acho que o resultado pode não ser dos melhores para meu estado de espírito. Pediu desculpas por interromper minhas férias mas fiquei sinceramente tocado quando disse que jamais poderia deixar passar um encontro comigo em Paris.

Depois da notícia terrível, termino a noite no Old Navy, sozinho, vendo um clip de Gloria Estefan numa enorme TV de plasma. Cortázar já escreveu aqui. Mas nem parece. O que não é de todo mau.

24.10

A noite foi longa. Pelo menos preencher estas páginas me ajuda a atravessar o domingo, dia infame em Madureira ou Paris. Estou confortavelmente postado num café de frente para a Luxembourg, esquina da rue Racine com Vaugirard. Faz muito frio para a época, e um casal, aparentemente de brasileiros, troca poucas palavras, cada um com um livro, entre enormes xícaras de chocolate.

Ontem deixei o hotel uma hora e meia antes do marcado e, flanando, fui encontrar PrP na rue Vaneau, coração do 7ème, umas das regiões que mais abomino nesta cidade pela pretensão e pelo eterno deserto das ruas. Ele estava hospedado no apartamento de um amigo francês, também editor, que viajaria sei lá para onde depois de Frankfurt. Me recebeu com champanhe, que não recuso nem de inimigo, e secamos a garrafa em menos tempo do que o recomendável, especialmente para mim nos últimos tempos.

O que se seguiu numa mesa no fundo do salão do Chez Eux foi o habitual monólogo (dele) sobre as irrelevâncias da vida literária, os negócios fechados sobre ideias que não enchem dez páginas, a possibilidade de transformar um livro em diversas outras bugigangas que nada têm a ver com o ponto de partida daquilo tudo. Comemos porções pantagruélicas de *foie gras*, pato, chocolates e tudo o que pode encurtar minha vida – e, teoricamente, a dele, que é mais moço e muito menos saudável.

Perguntou, como sempre, o que andei lendo, e, envergonhado como uma criança com a quantidade de cadernos em branco na bagagem, inventei descaradamente avaliações e preferências a partir do que vi em jornais e revistas. "Mas isso não vende nada!" foi a frase que pontuou esta e todas as outras conversas desde que PrP virou o dono de uma editora. Literatura, só para dar *pedigree* a um catálogo cada vez mais vira-lata.

Tentei, com jeito, explicar a ele que esta seria minha última viagem e, mais uma vez ainda, falar da dificuldade em vencer os chamados "bloqueios". Ele, que também escreveu um único e magro romance (para mim, ficção de má qualidade) que não foi lido mas publicado no mundo inteiro, resultado de sua rede imbatível de contatos, definitivamente não se importava com estes detalhes. Para ele tudo fluía, sempre, acima de qualquer dificuldade.

Quando senti o calor e o cheiro inconfundível da Prune sendo flambada no meu nariz, descobri o verdadeiro objetivo do jantar (há sempre um, que vai se insinuando na conversa até adentrar a cena em todo o seu esplendor): me consultar sobre uma proposta de venda da editora para um grupo alemão. "Os espanhóis", segundo ele, também estavam de olho, mas "os alemães", me explicava, ofereceriam mais vantagens.

Produziram-se na mesa, vindos não sei bem de onde, um envelope com a descrição do grupo e um papelório que seria um esboço de proposta. PrP queria que, na volta, "no avião", como se o avião fosse um escritório 24h, eu examinasse as bases do contrato que, segundo ele, era sua "aposentadoria", eufemismo para a bolada de dinheiro que receberia, tendo que cumprir ainda cinco anos como Rainha da Inglaterra da Oito e Meio.

Caminhamos de volta à rue Vaneau e, em frente ao prédio, despedimo-nos com um abraço, caloroso na graduação de tanto álcool. Recusei um último conhaque e um táxi e preferi caminhar. "Te cuida!", era a frase inevitável, misto de preocupação verdadeira e cacoete da simpatia com fins lucrativos. Neste caso, despropositada, pois em tantos anos de amizade – que a Sofia me perdoe o uso do termo se um dia ler este caderno – o que mais dei a ele foi lucro.

P.S.: "Nunca confunda seu catálogo com sua biblioteca", me disse PrP sobre um dos aprendizados de sua vida de editor. E dizer isso logo para mim, que não sei separar nem meu diário de minha ficção. Ok. Anotado.

25.10

Escrevo do aeroporto, de volta para casa. O planejado era amanhã e, por mais que checasse o bilhete todas as noites, via lá "dia 26". Mas o avião era hoje e, com isso, foram descartados todos os dramas da despedida. Levei quase uma hora até o Charles de Gaulle e espero o momento de embarcar contemplando uma longa e cacarejante fila. Os poucos livros que comprei, deixei no hotel, entregues à indiferença – ou ao espírito literário – das camareiras. Elas também não entenderam nada do *business plan* do grupo alemão que possivelmente comprará a Oito e Meio, abandonado com alguns documentos originais que PrP me repassou por engano. Estes devem fazer falta.

Além deste diário, preenchi outros caderninhos, usando lápis coloridos e canetas também variadas. Descobri, ao checar e-mails, que Max, o Max de tantos anos, se matou. O choque da notícia durou muito menos do que a longa calma que veio depois. Max se atrapalhou: não há morte voluntária.

26.10

Já no Rio.
Even Paris ends.

Escrever, escrever-se*

Perguntar qual a minha relação com a escrita é perguntar também qual a minha relação com a leitura, com a escrita dos outros. A escrita, para mim, sempre foi uma utopia que, na prática, revelou-se quase sempre uma reação à escrita dos outros: escrevo comentando livros, respondendo a petições. Só quando a escrita deixa de ser reação é que posso chamá-la de "minha", "a minha escrita".

Vivo, há muito, da minha escrita e da dos outros – no meio editorial, no escritório, nas resenhas. O que se escreve para jornal dificulta sobretudo o encontro com uma escrita própria, pois é, em essência, uma escrita de reação: "aprender a escrever" é aprender a armar meu texto, a objetivá-lo e, assim, pô-lo de prontidão para reagir à escrita dos outros, às versões e aos fatos – que são, em si, uma escrita mais fina e menos óbvia, a escrita do mundo objetivo (que, é bom frisar, não se confunde com a escrita da vida, que é ainda mais difícil de apreender e aprender). Vão nisso uma admiração declarada e, muitas vezes, por que não confessar, uma inveja da escrita dos outros. Mas vai também uma urgência em encontrar uma escrita própria. Mas, afinal, de que a gente está falando?

A escrita para mim é, quase sempre, literatura – e isso num sentido muito preciso. Há um doutor, que não é o doutor Lacan, que chama isso "mal de Montano". Esse é o título de um livro meio ficção, meio ensaio, do catalão Enrique Vila-Matas, que é personagem recorrente desta minha conversa aqui. Para resumir brevemente, o "mal de Montano" é aquele que acomete todos que só conseguem ver a realidade através da literatura, que muitas vezes podem ser confundidos pura e simplesmente com sujeitos pedantes, uma vez que citam sem parar.

---

* Dez páginas de um bloco amarelo manuscritas, cheias de anotações nas margens, identificadas ao final como uma conferência preparada para a Letra Freudiana, grupo de analistas lacanianos do Rio de Janeiro, em julho de 2004.

"Sou um doente de literatura. A continuar assim, ela poderia acabar me tragando como um boneco de palha dentro de um redemoinho, até fazer com que eu me perca em seu território ilimitado. Asfixia-me cada dia mais a literatura. Nos meus cinquenta anos, angustia-me pensar que meu último destino seja me tornar um dicionário de citações ambulante."

Identifico-me plenamente com a angústia do personagem – ou seria do Vila-Matas? Mas nós, os que sofremos deste mal – e aqui mesmo eu vou citá-lo muito –, só citamos o tempo todo porque é assim que experimenta a realidade: montagem de palavras alheias e do vivido.

E agora vou desdizer um pouco o que comecei a dizer, que eu reajo à escrita "dos outros". Ora, isso não existe desta forma, pois a escrita não é exclusivamente "dos outros", ela está em tudo e, sem dúvida, a escrita te escreve, é capaz de uma transformação profunda no que você é. E isso vale para qualquer tipo de escrita, para a "literária" e para o diário ou o caderninho de notas.

Quero radicalizar um pouco mais. Um diário é sempre encenação e, de alguma forma, ficção de si mesmo. É uma imagem que a gente constrói para si mesmo e, ninguém me tira da cabeça, com a secreta esperança de que alguém, um dia, o leia. Mas a escritora Joan Didion vai mais além e no texto "Sobre manter um caderninho de notas" defende que, ao anotar erraticamente o que se vê, algo que se precisa fazer ou um pensamento solto, o sujeito obedece a uma necessidade tão íntima que às vezes sequer lembra por que fez determinada anotação.

Mas o caderno de notas te escreve, pois uma palavra dali pode disparar uma ideia, um texto, uma lembrança. Fala a Joan Didion: "O impulso de anotar coisas é particularmente compulsivo, inexplicável para quem não compartilha dele, útil apenas acidentalmente, apenas secundariamente, assim como toda compulsão tenta se justificar."

Escrever então não é, e ela está certa, refletir em juízos mais ou menos inteligentes sobre o vivo, mas antes uma necessidade física, a de escrever, de se escrever, como resume o Chico Buarque nos dois trechos de *Uma palavra*: "(...) Palavra minha/ Matéria, minha criatura, palavra/ Que me conduz/ Mudo/ E que me escreve desatento, palavra/ (...) Palavra boa/ Não de fazer literatura, palavra/ Mas de habitar/ Fundo/ O coração do pensamento, palavra (...)."

Outro parêntese: só fui concluir isso quando vocês me convidaram para vir aqui. E concluir isso é para mim resolver um nó, destravar algo que há muito vem enraizado na "angústia de influência" de meia-tigela, de achar que só deveria me colocar diante o computador ou do papel quando tivesse algo inteligente a registrar, um gesto "literário" que, por isso mesmo, fosse oposto à escrita de reação e, por esse raciocínio tolo, eu pudesse chamar de "meu".

Este texto aqui, que resolvi escrever à mão, é resultado de uma experiência deliberada de escrita e de viagem, ao longo de duas semanas, uma delas em Portugal, que para mim é um país de palavras, é um país até um pouco triste por viver a língua de forma tão visceral – a linguagem em si me parece triste, triste e pálido reflexo de uma realidade.

O Torquato Neto sabia que a distinção entre "fora" e "dentro" ou é relativa ou não existe mesmo: "O lado de fora é frio. O lado de fora é fogo, igual ao lado de dentro."

A escrita, acho eu, não é o que expõe o lado de dentro, ela é a parte visível dele, mas visível em termos relativos: nem sempre visível para o distinto público, às vezes só enxergável para quem escrever. E é aí que uma escrita pode se chamar "íntima" – quando ela o é de verdade, nem sempre é percebida como tal pelo senso comum.

A utilidade da escrita está para mim ligada muitas vezes à morte, a resistir à morte. Sofri muito com a morte de uma amiga, recentemente, e ao escrever isso sofro de novo, sofro mas já ordenei a minha dor de tal forma que posso me referir a ela como a amiga "que morreu". A dica disso tudo estava escondida no meu poema preferido de Elizabeth Bishop, *Uma arte*, em que ela fala da facilidade de aprender "a arte de perder":

Perdi duas cidades lindas. E um império
Que era meu, dois rios, e mais um continente.
Tenho saudades deles. Mas não é nada sério.

– Mesmo perder você (a voz, o ar etéreo
que eu amo) não muda nada. Pois é evidente
que a arte de perder não chega a ser mistério
por muito que pareça (Escreve!) muito sério.

Com a Bishop eu encerro por aqui, lembrando que o doutor do *Mal de Montano* costuma disfarçar ficção como artigo ou conferência. Afinal, tudo é escrita, tudo se escreve, tudo me escreve.

A arte de abandonar livros*

Começou por distração: cheguei em casa sem o meu exemplar, castigado, dos *Complete Poems* de Elizabeth Bishop, deixado, acho eu, num cinema em Botafogo. Lembrei-me do meu verso favorito, quase uma obsessão – "A arte de perder não é nenhum mistério" –, e percebi que este acaso, como muitos outros, pode ser transformado em arte.

Depois, foi a vez de Drummond, *Claro enigma*. Ainda não dominava sequer os rudimentos da arte e, mais uma vez, fui traído por minha falta de atenção: lá ficou meu livrinho, velho e anotado, na sala de espera do analista. Não me abalei, estava certo de que algum cliente deixaria na mesa, misturado a livros de arte e revistas *Caras*: nunca mais, no entanto, o vi. Por esta e outras, decidi exercer algum controle sobre tantos acidentes e seus sentidos, constituindo regras e procedimentos rigorosos para o abandono de livros.

Minha maior ambição é que esta prática se transforme numa técnica e, uma vez firmada como tal, ganhe o estatuto de arte. Uma arte que, como qualquer outra, requer autoconhecimento e disciplina ferrenha. Uma arte que, quanto mais elaborada pelo artista, mais pareça fácil ao público.

1. Da aparente casualidade

Aqueles livros que em algum momento foram transformadores, decisivos mesmo, devem ser deixados de tal forma que o abandono ganhe perfeitos contornos de esquecimento. Há, aí, duas modalidades bem-definidas: a que não pretende adquirir qualquer ressonância literária e, por isso, confunde-se com o desleixo; uma outra, que de caso pen-

---

* Livreto feito de cartão, costurado à mão, manuscrito, que traz pequenas reproduções de capas de livros, mapas com anotações em vermelho e duas fotos de livros em lugares públicos. Como os demais materiais da pasta, não é assinado.

sado, se revele para quem encontrar o livro como um acaso iluminador e, com sorte, inesquecível.

Entre os abandonos de primeiro tipo está a minha tentativa, meio aparvalhada, de deixar um *Ecce Homo* na praia, misturado aos jornais do dia e copos de mate, perto da cadeira de aluguel – uma operação malsucedida, com a mulher da barraca tentando me devolver o livro e eu explicando, inutilmente, que o Nietzsche não me servia mais. Um golpe de mestre na segunda modalidade foi o esquecimento de um *Apanhador no campo de centeio* numa loja de sucos cheia de adolescentes, horário de recreio do colégio – voltei meia hora depois da ação para supostamente reaver o livro e não o encontrei. Bingo.

2. Do abandono conceitual

Na modalidade conceitual, o livro deve ser abandonado em um local que lhe faça alusão, direta ou indiretamente. Tanto melhor é a ação quanto menos imediata seja a associação entre os significados e o ato. Trata-se de uma ação menos sofisticada do ponto de vista do planejamento mas que, admito, tem maior chance de encontrar o seu público – e também a sua crítica.

Guardei durante anos meu primeiro exemplar de *Les mots*, comprado num sebo quando ainda estudava na Aliança Francesa – nele estavam anotados os significados de diversas palavras e nenhuma opinião ou observação sobre o sentido do que eu lera, pela primeira vez, para uma prova. Levei-o comigo numa viagem a Paris e, infantilmente, deixei-o em uma mesa do Café de Flore. Uma ação de principiante, admito, mas que justamente por isso tem lá sua graça e mesmo encanto.

Um banco da Avenida Atlântica, perto do Lido, foi o lugar que escolhi para uma coletânea de crônicas de Antônio Maria que, para mim, sempre pertencera à rua. Há grande probabilidade de ter sido jogada fora por um gringo ou lida avidamente por um mendigo que provavelmente só existe na minha fantasia. Numa mesa colada à parede do Vilariño deixei um exemplar raro de *Pátria minha*, com a página marcada justamente neste poema. Não sei de seu destino.

O *Memorial de Aires* caríssimo, em primeira edição, consegui deixar aos pés do túmulo de Machado – não no mausoléu artificial, mas na campa baixa, como se a qualquer momento fosse folheado por uma Fidélia desencantada como o mundo e saudosa do Conselheiro.

3. Da solidão radical

Assim como determinados tipos de performance que desprezo – contraditoriamente, me acusa Sofia, ela mesma uma entusiasta destas afetações que vê afinidades entre a minha visão de mundo e a destes "artistas" (aspas, por favor) –, o abandono de livros é arte que se realiza no efêmero e, muito frequentemente, esgota-se no ato e, em casos especiais, apenas na intenção expressa em momento e locais adequados, diante ou não de público.

Cheguei a fotografar livros abandonados por sugestão e até mesmo pressão de Sofia. A tal da câmera digital, para mim artefato exótico, me proporcionou registros muito bons, que me fizeram, para desgosto de Sofia, desconfiar da habilidade específica dos chamados profissionais.

Mas este é um método que torna a arte decadente em seu nascimento. Pois o mais importante é que ela, a arte, seja um vestígio, quase imperceptível aos outros, arte sem crítica e sem lucro. Sem público, às vezes. A solidão do artista em estado selvagem.

4. Das ações programáticas

As ações mais sofisticadas do ponto de vista de elaboração e execução tornam o abandono ativo e o elevam ao estado de arte. Não há regras preestabelecidas a não ser o empenho para que o livro em questão invada, da forma mais aguda possível, o estado de normalidade de uma vida, de um lugar ou de ambos.

Levei um mês de caminhadas e apuração para descobrir o endereço correto de uma mulher linda e muito jovem com quem cruzava todos os dias, num mesmo horário, caminhando pela praia do Leblon. Cheguei mesmo a parecer um tarado, seguindo-a até sua rua e inventando as histórias mais mirabolantes até descobrir seu nome e o prédio em que vivia. Pois consegui que chegasse a ela um exemplar de *Uma aprendizagem ou O livro dos prazeres*, provando por trechos sublinhados que Loreley e ela (Beatriz, acho) poderiam ser a mesma pessoa. Depois do envio, nunca mais apareci no Leblon.

Contrariando meu princípio de não documentação, topei que Sofia fotografasse o exemplar de *L'hôtel*, de Sophie Calle, no momento em que o abandonamos num quarto da Pensione La Calcina, em Veneza. A foto era idêntica em enquadramento às do livro, que Sophie elaborou enquanto viveu como camareira em um hotel da cidade apenas para fotografar a cabeceira das camas e os restos deixados por cada hóspede dos quartos, especulando em pequenos textos sobre quem havia passado por ali. Um mês depois, sabe-se lá por quê, recebíamos o livro pelo correio com o bilhete assinado por um Stefano, "da gerência": "Signore, questo libro è stato trovato nella sua stanza." Fotografamos o livro ao lado da foto que havíamos feito do livro abandonado e remetemos de volta a ele, também com um bilhete: "Grazie!"

5. Dos inconvenientes que podem advir

A realidade, sempre ela, constitui-se não raras vezes em um obstáculo quase intransponível para a arte. Todo cuidado é pouco: há sempre um vizinho de mesa o observando, um motorista de táxi honesto ou um garçom diligente para impedi-lo do esquecimento programado. Ou, o que é pior, para denunciá-lo em pleno ato.

Foi assim no Café de La Mairie da Place Saint-Sulpice, onde Georges Perec escreveu *Tentativas de esgotar um lugar parisiense*. Passei lá duas horas, anotando nas margens do livro tudo o que podia perceber à volta. Paguei a conta e fui alcançado pelo garçom, ainda na mesma calçada. Ele sabia que, como tantos outros fregueses, eu só ficara lá por conta do livro de Perec e cuidava para que eu não esquecesse meu exemplar, no qual fiz muitas anotações e até fotografei ao lado de uma xícara de chocolate.

Pior aconteceu no Sweet Melissa, um café de Park Slope. Depois de um dia de caminhada pelo Brooklyn, achei que era de bom tamanho abandonar ali, com toda a obviedade possível, um exemplar de *Brooklyn Follies*. Fui demovido pela chegada no salão, menos de um minuto depois de pagar a conta, de Paul Auster e Siri Hustvedt, o que me deixou muito encabulado, não é outra a palavra, como uma criança pega em má hora.

6. Dos fins

O abandono de livros só se realiza como obra quando, sem tempo determinado, ocorre o encontro esperado entre o livro e seu destinatário potencial. Quando o garoto sair de casa com meu Salinger na mochila tomando cuidado para não perdê-lo. Ou quando um advogado bêbado e nostálgico levar consigo do Vilariño o *Pátria minha* e, no dia seguinte, de ressaca, perceber o que tem nas mãos e emocionar-se, como sempre me emociono, lendo em voz alta.

Não há garantia de que nada disso vá ocorrer. Quando a obra se consuma plenamente não há tampouco compensações de qualquer ordem para o ego do artista, que só se afirma como tal pela persistência e pelo afinco com que realiza suas ações.

Trata-se de provação mais ou menos semelhante a escrever e, depois, publicar um livro. Só que de forma mais exigente e complexa.

Estatísticas & fatos*

Depois que escreveu *O segredo de Joe Gould*, Joseph Mitchell passou 32 anos indo à redação da *New Yorker* sem produzir nada relevante.

Jayme Ovalle influenciou Manuel Bandeira, Vinicius de Moraes, Mário de Andrade e Fernando Sabino sem escrever a obra que dele se esperava. Como um Sócrates embriagado na Lapa, sobreviveu no relato dos outros.

Dorothy Parker estreou na literatura aos 22. Pouco mais de dez anos depois, sem escrever poemas ou contos, tentou roteiro, letra de música e suicídio. Assim passou três décadas até morrer, alcoólatra, num quarto do Algonquin.

O Algonquin, que batizou "Dorothy Parker" uma suíte, oferece hoje a seus hóspedes o *Writer's Block*, pacote de descontos para quem apresenta uma obra em curso ou mesmo concluída.

Em Portbou, na fronteira da França com a Espanha, os hotéis exibem pôsteres de Walter Benjamin, a quem dedicou-se um monumento, um museu e um túmulo falso. Seu corpo de suicida perdeu-se numa vala comum.

---

* Conjunto de fichas coloridas, escritas à caneta apenas na frente, inicialmente numeradas e sem qualquer marcação a partir da número 7. No centro da primeira, lê-se "Estatísticas e fatos" e abaixo, a lápis e entre parênteses, a palavra "Aliados".

José María Arguedas estava terminando *El Zorro de Arriba y el Zorro de Abajo* quando se suicidou. No romance, o narrador se mata escrevendo *El Zorro de Arriba y el Zorro de Abajo*.

Dos sete escritores americanos ganhadores do Nobel de Literatura, cinco eram alcoólatras: Sinclair Lewis, Eugene O'Neill, William Faulkner, Ernest Hemingway e John Steinbeck.

Em quatro anos, Dashiell Hammett escreveu seus quatro romances mais importantes. Aos 39, publicou o quinto livro e, já consagrado, viveu trinta anos tentando voltar à literatura e bebendo com Lillian Hellman.

Truman Capote bebeu os 250 mil dólares de adiantamento para *Answered Prayers*, livro que pensou como sua *Recherche* e do qual escreveu quatro capítulos medíocres em 15 anos. Foi tudo o que produziu depois da consagração de *A sangue frio*.

Harper Lee, amiga de infância de Capote que, ao que tudo indica, não bebia, publicou aos 34 anos *To Kill a Mockingbird*, que desde 1960 já vendeu mais de 80 milhões de cópias. Não houve um segundo livro.

Walter Campos de Carvalho sumiu do mapa no início dos anos 70, depois de *A lua vem da Ásia* e *O púcaro búlgaro*. Perto da morte, anunciou um novo livro, *O conserto na casca do ovo*, cujos originais jamais foram encontrados.

Toda a obra de Raduan Nassar, que trocou a literatura por uma fazenda no interior de São Paulo, cabe em menos de trezentas páginas.

Henry Roth estreou na literatura aos 28 anos, em 1934. Só em 1979 começou o segundo romance.

Em 16 anos, Milton Hatoum lançou uma novela e dois romances. Entre a estreia e o segundo livro, levou 11 anos e um romance de seiscentas e tantas páginas, jogado no lixo.

José Rubem Fonseca concluiu seu primeiro livro aos 18 anos. Um editor de fundo de quintal recusou os contos e perdeu os originais, que não tinham cópia. Aos 38, lançou seu segundo livro.

José Saramago publicou o primeiro romance aos 25 anos. O segundo, aos 54.

W. G. Sebald estreou na literatura aos 44 anos. Escreveu toda sua obra nos 13 anos seguintes, até bater de frente num caminhão no interior da Inglaterra.

Trancado num *studio* na rue de Favorites, Samuel Beckett escreveu entre 1947 e 1949 sete de seus livros mais importantes, entre eles *Esperando Godot* e *O inominável*.

Nathanael West tinha 36 anos quando lançou *O dia do gafanhoto*. Morreu aos 37, depois de avançar um sinal a caminho do enterro de Scott Fitzgerald.

Um acidente de automóvel matou Italo Svevo aos 67 anos. Industrial que teve Joyce como tutor, Svevo havia sido reconhecido como escritor aos 61.

Joaquim Maria Machado de Assis viveu 69 anos sem sair do estado do Rio de Janeiro.

Em 40 anos e 11 meses de vida, Franz Kafka passou 16 anos, seis meses e 15 dias entre a escola e a universidade. Trabalhando, 15 anos. Em toda a vida, Kafka passou fora de seu país um total de 45 dias.

Kafka deixou quarenta textos em prosa, que somam 350 páginas impressas, e aproximadamente 1.500 cartas. Três romances inacabados estão entre as 3.400 páginas de diários e anotações do espólio.

Na edição da Pléiade, a obra literária de Flaubert ocupa 2.128 páginas. Sua correspondência, 7.632.

Toda a obra de Carlos Sussekind vem dos diários de seu pai, Carlos Sussekind. Mesmo quando não vem dos diários de seu pai.

Jules e Edmond de Goncourt, que mantiveram um dos mais longos diários literários da História, anotaram, frustrados: justo no dia da publicação de seu primeiro romance a quatro mãos, Napoleão III tomou o poder e tomou conta do noticiário.

Primo Levi publicou *É isto um homem?* em 1947. Vendeu 150 exemplares.

Depois da recusa de 27 editores, *Molloy*, de Samuel Beckett, foi publicado pelas Éditions de Minuit e vendeu 694 exemplares. *Malone morre* e *O inominável*, lançados logo em seguida, venderam 241 e 476 exemplares, respectivamente.

Alan Schneider, diretor de teatro e amigo de Samuel Beckett, manteve por décadas um diálogo epistolar com ele. Morreu atropelado a caminho dos correios, antes de postar a que ficou sendo sua última carta para S.B.

No dia em que se matou, Paul Celan havia combinado assistir a *Esperando Godot* com o filho. Localizado 48 horas depois de desaparecer, o corpo estava preso numa grade de esgotos do Sena. Nos bolsos, os dois ingressos.

Cidade de vidro, parte da Trilogia de Nova York, de Paul Auster, foi recusado por 17 editores. *A Amante de Wittgenstein*, de David Markson, sofreu 54 recusas.

Laurence Sterne pagou a primeira edição de *Tristram Shandy*.

Relutante em assumir sua vaga na Academia Brasileira de Letras, João Guimarães Rosa adiou a posse por dois anos. Morreu dois dias depois da cerimônia.

O poeta Guimarães Passos, da Academia Brasileira de Letras, era fascinado por Paris. Foi lá que morreu, tuberculoso, no inverno de 1911. Pouco tempo depois, seus colegas acadêmicos o transferiram do Père-Lachaise para o São João Batista.

Brito Broca morreu sob as rodas de um carro na Lapa, Rio de Janeiro, sem escrever o prometido livro sobre os brasileiros em Paris.

Roland Barthes viveu seus três últimos anos na expectativa de escrever ficção. Morreu depois de atropelado em frente ao Collège de France, onde terminara dois dias antes o curso A Preparação do Romance. De *Vita nova*, título do planejado romance, restaram oito páginas manuscritas.

Antônio Fraga viveu na marginalidade carioca de expedientes e empréstimos. Publicou um único livro, *Desabrigo*, e deixou esboços em papéis de maços de cigarro.

Leonid Tsypkin, russo e médico, morreu aos 56 anos sem ver publicado *Verão em Baden-Baden*, romance sobre a vida de Dostoievski que Susan Sontag revelou para o mundo como a joia que é.

James Joyce escreveu partes do *Ulisses* num apartamento onde viviam 17 pessoas.

William Faulkner trabalhou como zelador de bordel, que considerava um lugar perfeito para escrever, com casa e comida pagas e manhãs silenciosas para dedicar-se à literatura.

Nathanael West foi gerente do Kenmore Hall Hotel, deixando que amigos comessem e dormissem de graça. Foi nesta época, hospedado lá, que Dashiell Hammett terminou *O falcão maltês*.

Georges Bataille escreveu *História do olho* durante um tratamento com o psicanalista Adrien Borel.

Ao ler *Lord Jim*, presente de Adrien Borel, então seu psicanalista por recomendação de Georges Bataille, Michel Leiris parte de Paris para a África e começa para valer sua carreira de escritor.

Consagrado, Michel Leiris tentou o suicídio com 57 anos. Morreu com mais de 90.

Depois da morte da mulher com quem viveu durante quase trinta anos, Marguerite Yourcenar casou com um homem quarenta anos mais jovem que bebia e, eventualmente, batia nela. Em 1986, ele morreu de aids; no ano seguinte, ela morreu de desgosto.

Maura Lopes Cançado escreveu um dos romances mais contundentes e menos conhecidos da literatura brasileira depois de passar por um hospício, onde foi acusada de assassinar um enfermeiro.

Carl Solomon costumava submeter-se, voluntariamente, a internações psiquiátricas e tratamento de choque.

João Antônio morreu sozinho, em seu apartamento em Copacabana. Foi encontrado semanas depois.

David Markson, o gênio discreto da literatura americana, empilha em parágrafos curtos trivialidades sobre vidas de escritores.

Manuel Vázquez Montalbán morreu sozinho, no saguão de um aeroporto, entre Barcelona e Bali.

Em seis anos, a primeira edição de *A interpretação dos sonhos* vendeu 351 exemplares.

Jean Rhys publicou o primeiro livro aos 37 anos, foi dada como morta e voltou à cena aos 76, com o clássico *Wide Sargasso Sea*. "Chegou tarde demais", dizia ela sobre a acolhida unânime da crítica.

Um sonho*
{anotações para um possível conto}

Pela primeira vez depois de decidir que só escreveria à mão, vim direto para o computador. Fico impaciente com o tempo que demora para ligar. Mas desta vez tinha de ser assim. Sonhei que escrevia um conto, em meu escritório escuro do jeito que está agora, iluminado apenas por esta tela e, acima da mesa de trabalho, por uma caixinha, fechada com vidro, onde está uma miniatura perfeita da sala. Foi Sofia quem me deu de presente, reproduzindo os mínimos detalhes: lombadas de livro, a caneca repleta de canetas, o laptop aberto, minúsculo, no centro da mesa de trabalho.

O mais importante, acreditava, já havia sido escrito. Por isso gastava os dias a buscar em suas estantes e livrarias – bibliotecas, jamais – por onde e como dizer o que de mais fundamental percebia e com ele se passava.

Acho que era isso. Pois a primeira imagem do sonho era a tela e este parágrafo – ou alguma coisa parecida com ele – surgindo diante de mim letra por letra. Eu não via, mas tinha certeza que ele saía de minhas mãos, mesmo que o texto não parecesse muito meu. Mas preciso tentar recuperá-lo aqui e agora. Pois uma boa parte do sonho consiste no texto mesmo e não no que é descrito nele. Sonho terrível, que se confunde com a vida e me fez pensar, por um minuto, que voltara a escrever. Com a ressalva de que jamais tive aquela fluidez.

No início da tarde de domingo, saiu em busca de revistas, jornais e o que mais ajudasse a atravessar o mais difícil dos dias. Parou, puro vício, no sebo da esquina e, ao fuçar balcões, caixas e prateleiras, deparou-se com sua própria biblioteca. A mesma que, poderia jurar, havia trancado a chave há não menos do que 15 minutos.

---

* Texto impresso em quatro páginas de papel sulfite 90 gramas, com pequenas emendas à caneta. No canto direito interior da segunda página há manchas do que parece ser café. No verso da última página, uma anotação a lápis: "Enviar para PrP?"

Mais ou menos neste ponto, eu me levantava da mesa de trabalho e, num corte abrupto, me via caminhando pelo Leblon vazio na tarde de domingo. O mundo, a praia, o calor sufocante faziam com que o sebo parecesse ainda mais atulhado e sombrio, quase hostil. Pronto, eu deixava de ser o narrador, a terceira pessoa, para virar primeira e descobrir, entre uma gata preguiçosa e gorda e um badulaque horrendo, os MEUS livros e o MEU critério de organização deles: famílias espirituais, memórias, relações imaginadas ou reais entre autores, entre pessoas.

Uma ordem que só ele percebia,

era o que escrevia o narrador no sonho e que eu, ali, entre os livros, pensava em escrever quando, finalmente, acordasse para transformar aquele pesadelo em alguma realidade. Enquanto isso, seguia conferindo detalhes para testar os limites da catalogação imaginária que, sim, só poderia ser a minha.

A partir daí os detalhes eram assustadores: eu localizava poetas obscuros e ensaístas insossos, difíceis de encontrar até mesmo em sebos e que eu acumulava sem saber por quê, mecanicamente, por dever de ofício, o maldito acompanhamento da "vida literária". Estavam todos lá, bem como os outros livros, fundamentais. Aí era eu quem escrevia, e letras – e não situações – tomavam conta do sonho, algo mais ou menos assim:

de alguma forma aqueles livros serviram mais do que outros para, como já se disse, expressar o que de mais fundamental percebia e com ele se passava.

Atordoado, eu vagava pelo Leblon até sentar em um cybercafé e escrever – provavelmente a Sofia, mas não lembro bem – uma extensa carta, que, esta sim, aí vai, palavra por palavra. Ou pelo menos o que consegui restituir dela, passo a passo, correndo, cheio de erros, enferrujado com as teclas.

Você sabe, a marca de minha coleção, que alguns chamam "biblioteca", sempre foi a ausência: de nomes, datas, lugares ou os horrendos selinhos nas lombadas. Poucas anotações, sublinhados discretos, marcas de outros donos. O tempo é que age, emoldurando em amarelo vidas desconexas. Poucos momentos decisivos, raros lugares definitivos, viagens.

Depois de tanto tempo, voltei a folhear *O amante*. Te reconheci em cada página. Em cada dobra na lombada, tuas entranhas. Hoje, especialista que sou em transformar meu passado em tolice, acho óbvio que você o tenha deixado comigo depois do primeiro sexo, aquele inaugural e assustador, tanto tempo depois – quase dez anos, acho – de ter te visto, sob as árvores da faculdade, marcando com o indicador da mão direita o surrado livro de bolso francês. *Tristan et Iseult*, era isso.

A lembrança – de você, Tristão, Isolda e trepada – me dói menos, confesso, do que ver uma velha pechincheira, magra e infeliz, arrematando ali, na minha frente e sem pudor, o *Dois irmãos*, presente eloquente, quase tão óbvio quanto o teu, daquele que pensei ser o melhor amigo. Ainda bem que você levou tudo, pois seu Tristão poderia estar bem ali, na banca da calçada, entre aqueles livros que, tenho certeza, são meus.

Sofro também porque gosto do que eles, os livros, têm a dizer mudos, encerrados em sua estupidez de objeto, largados num canto ou cuidadosamente arrumados nas prateleiras. Numa época cheguei a registrar os títulos que se acumulavam na mesa de cabeceira. Em agosto, veja só, logo naquele agosto, as lombadas me diziam: *A paixão pelos livros, O medo, Autobiografia de todo mundo, Fazes-me falta, Amor que serena, termina?, The Crack-up, Um copo de cólera*. Como você vê, uma pequena antologia de desastres.

Com estes jogos, esquemas, sistemas e lógicas fui poupando de minha escrita este mundo engarrafado de poesia, histórias, intrigas. No máximo, rabisco à mão livre dedicatórias às palavras dos outros, palavras que compro a preço de tabela nas melhores casas do ramo. Ao marcar livros alheios, poupo os meus.

A serventia do escritor é esta: fornecer frases e imagens para que usemos, quase sempre contra as intenções que as levaram ao papel. Por isso, jamais tenho a consciência pesada de me apropriar de restos de almas e musas extraviadas. Pago por elas o que valem: pouco, pouquíssimo, em comparação a certos gostos acres e às carnes; muito quando levo em conta seu efeito prolongado, que pode impregnar rompimentos, aproximações, conquistas baratas ou amores de sempre. Tudo vem de boca, pena ou Words alheios.

Te contar tudo isso me deixa mais calmo. No fundo, sempre esperei que acontecesse assim. A cada livro assinado ou sublinhado que comprava, voyeur de rascunhos, imaginava que um dia a vingança chegaria, que meus descendentes, bons filhos da puta, mal voltariam do enterro ou cremação e já anunciariam nos classificados. Como o coveiro do dia anterior, o alfarrabista examinaria as pilhas e daria seu parecer técnico. Tudo previsível, a não ser pelo fato de, pelo menos que eu saiba, não ter botado no mundo os filhos da puta dos descendentes e de, pelo menos tecnicamente, não estar morto.

Depois desta carta, nada ficava claro para mim. Me sentia esvaziado. Estava, de repente, do lado de fora de casa, com a chave na mão. Ouvia os latidos de Benjamin e não tinha coragem de abrir a porta, temendo o pior, as estantes vazias. Decidi entrar e, às lágrimas, contemplei as estantes intactas. Assim, comecei a escrever. E acordei.

É preciso matar Benjamin*

É preciso matar Benjamin. Escrevo isso para alguém que, confio, lerá esta em alguma circunstância. Vivemos juntos, eu e Benjamin, há nove anos. Foi um período muito difícil, dos livros abortados, das mulheres fugazes, da presença tenaz de Sofia. Benjamin viveu estes amores e estas dores tão intensamente quanto eu, tenho certeza, da mesma forma com que os velhos começam a ter certeza de que seus cães podem falar ou sentir algo semelhante ao homem.

Mas esta manhã, acordei com a frase na cabeça: "É preciso matar Benjamin." Poderia ser o início de um conto ou narrativa qualquer, mas já nasceu como uma decisão grave, que não dividirei com ninguém. No lugar de uma discussão inócua sobre direitos ou sentimentos dos animais, tomei providências práticas.

No final da manhã, Reginaldo entrou em casa com o olhar perdido, as mãos trêmulas. Há cinco anos cuida de Benjamin, busca-o em casa todas as semanas para tomar banho, é enfermeiro e sempre ajuda a veterinária a cuidar dos muitos problemas de saúde que ele vem tendo.

Reginaldo não falava nada, me olhava com um misto de raiva e medo e perdeu o pouco de controle que tinha quando Benjamin, ainda sonolento, veio lhe fazer festa. Sentia-se, tenho certeza, um criminoso. E, de fato, o era: por R$ 100, aplicaria em Benjamin o remédio que na veterinária era usado para o sacrifício, esta era a expressão, de animais sem nenhuma expectativa de vida. Em tempo: não sejamos tolos de pensar que o crime seria dar fim a essa vida, mas ter roubado a fórmula letal de um armário cujas chaves ficavam sob sua responsabilidade.

---

* Seis folhas arrancadas de um caderno de notas, com letra minúscula e tinta azul, com exceção de "É preciso matar Benjamin", em letras de forma garrafais e tinta lilás.

Foram duas as injeções, duas seringas diferentes: na primeira, um sonífero deixou-o numa letargia que pouco diferia do sono com que acordava de manhã cedo ou no meio da noite. Depois, veio a segunda, que provocou um tremor generalizado, um esgar e, quase imediatamente, a rigidez. Assisti a tudo com a certeza de ter tomado a decisão correta.

É preciso começar por algum lugar e decidi começar por Benjamin. A morte, estou convencido, acontece onde não há mais movimento, onde não há mais novidade, alegria. Na vida de Benjamin tudo isso havia acabado pois, nisso acredito com convicção, o cão é mesmo o espelho do homem a que tem como dono. E, para mim, a morte, a incapacidade de produzir o novo, havia se instalado com solidez. O que escrevi ultimamente é, na verdade, a saúde dos doentes, para citar o conto de Julio, a súbita melhora que precede o fim.

Reginaldo não entendeu o que fazia. Segurava com dificuldade as lágrimas, agachado diante do corpo de Benjamin. Sem pensar, estendi para ele duas notas de cinquenta e ficamos os dois ali numa cena beckettiana: o cão morto, o homem humilde agachado e o outro, arrogante, de pé, dinheiro na mão.

Ele preferiu não receber nada. Não disse palavra e, não sem violência, afastou minha mão, batendo a porta. Não insisti. Nada é fácil e, naquele momento, a dificuldade do mundo se condensava num momento difícil de superar e lidar. Eu continuava calmo devido à minha convicção, minha certeza.

Levei meia hora até tomar outra providência prática: tirar da varanda aquele corpo, inerte, pesado demais para minhas dores na coluna. E decidir como me livrar dele.

O livro dos livros
abortados*

PROJETO BENJAMIN

Durante oito anos foi minha obsessão. Jamais pretendi escrever um romance histórico, cheio de detalhes e reconstituições. Minha ideia era uma trama quase policialesca, em que um professor brasileiro e sua mulher (contrariada) lançam-se na busca da famosa maleta que desapareceu dos pertences de Walter Benjamin quando este se matou em Portbou, depois de cruzar parte dos Pireneus a pé. Ali estava o manuscrito que ele dizia "mais importante do que a vida". A trama se passaria entre São Paulo (onde WB poderia ter dado aulas) e Paris, envolvendo um comerciante de manuscritos da rue de l'Odéon (cheguei a ficar amigo de um, que me garantiu jamais ter visto um manuscrito de WB mas me vendeu, pelo preço de duas semanas de hotel em Paris, um cartão-postal que supostamente foi da coleção dele) e um funcionário aposentado da Bibliothèque Nationale (em tudo igual a um velho detestável que conheci e achava muito exótico um brasileiro se interessar pelo tema). O projeto consumiu viagens (Israel, Berlim, Portbou,

---

* Caderno pequeno, de papel reciclado, costurado. Na capa, azul-celeste, um pequeno selo Le Thé des Écrivains. Texto sem emendas, como se tivesse sido copiado de algum lugar.

Capri, Paris diversas vezes, o que não foi sacrifício), uma fortuna em livros, entrevistas com especialistas (mentia sobre uma tese que estaria fazendo) e até um encontro com Lisa Fittko, a mulher que serviu como guia na travessia dos Pireneus e vivia em Chicago. Quando, a duras penas, o texto (meio ruim, acho, talvez quase jornalístico) ia pela metade, Jay Parini publicou *A travessia de Benjamin*, que, apesar de ser justamente um romance histórico, me desencorajou. O colombiano Ricardo Cano Gaviria também lançou uma ficção envolvendo Benjamin. Alguma universidade vai herdar, para sua biblioteca, a considerável benjaminiana que amealhei. Mas isso é para se falar depois de minha morte – se assim, é claro, eu me manifestar a tempo. Por hora, fico com Beatriz Sarlo: *Olvidar a Benjamin*.

Eu sou um escritor sem livros

Esta seria uma trabalhosa "autobiografia" falsa de um homem que jamais escreveu uma linha mas, por ser leitor voraz, se toma por escritor. Basicamente, a ideia era montar um texto quase que exclusivamente a partir de citações – uma ideia do velho WB que não hesitei em roubar, já que ele me parece muito importante como um escritor potencial, que vai se realizando um pouco no trabalho dos outros. Tenho separados num canto de estante 14 cadernos preenchidos por citações de todas as origens que se podem imaginar e que, editadas, formam uma narrativa minimamente linear, como se fosse uma autobiografia (nestes 14 cadernos estão a infância e a adolescência de meu personagem em trechos pilhados de autobiografias e de muita ficção). O problema é que, ao que parece, não há interesse nenhum nesta história de vida inventada. Sofia leu quase tudo e, delicadamente como sempre, me fez ver que estava perdendo tempo, embora também tenha ficado contaminada pelo hábito de ler o que fosse com um caderninho ao lado, anotando. Continuo, no entanto, pesquisando. Já são quase trinta cadernos, só que sem edição. Naquelas pilhas de citações deve haver uma vida. Mas não sou eu que irei narrá-la. Não há tempo.

Os livros não escritos de Carlos Sussekind

Neste cheguei a começar a trabalhar seriamente. Tive uma longa conversa com Carlos, que me recebeu no apartamento do Leme que eu tão bem conhecia de *Armadilha para Lamartine*. Me mostrou os diários do pai nas estantes que cobriam as paredes mas preferiu conversar caminhando pela praia até a pedra do Leme, um caminho que me era familiar, lembrança de *Ombros altos*. Queria saber, delicadamente, como eu tomara conhecimento de suas ideias não realizadas (não mencionei PrP, claro) e achou muito curioso que alguém perdesse tempo com especulações que nem a ele interessavam mais. Expliquei como pensei numa descrição minuciosa dos livros que não escreveu como, por exemplo, as viagens em torno de coincidências disparadas pelo número 33, o romance formado apenas por conversas de babás na Praça do Lido e, o mais ambicioso de todos, "O Monstro da Delicadeza". Ilustrações e layouts mostrariam inclusive como seria o aspecto de alguns destes livros. Com tranquilidade e um olhar doce, quase infantil, Carlos me convenceu da contradição básica de minhas ideias. Era preciso ser coerente: se ele hoje se dedica apenas a traduzir e transcrever integralmente os diários do pai, não faz nenhum sentido um livro que aponte para os livros que não existirão – e que, até segunda ordem, têm seu encanto por serem ideias de livros.

Songbook

Odeio livros de contos. Mas pensei que poderia estruturar 12 histórias como se fossem faixas de um disco de standards americanos, que são temas simples, quase sempre narrando uma história de amor (ou desamor) e que permitem inúmeras recriações. Escrevi três deles: "You're Looking at Me", sobre um homem e uma mulher que, no Rio de Janeiro dos anos 50, tornam-se amantes clandestinos e se encontram no show que Nat King Cole fez no Tijuca Tênis Clube; "At Long Last Love", que envolvia um casal de lésbicas, uma delas pesadamente drogada, ao som dos versos irônicos de Cole Porter; e, finalmente, "I

Could Write a Book", sobre o amor impossível de um homem e uma mulher que se reveem, trinta anos depois de sua juventude, no enterro de um amigo comum. Sofia queria que continuasse, mesmo abominando os standards, talvez pela repetição, excessiva, admito, com que os cultivo. Cismei que tinha de estabelecer previamente cada uma das faixas de um disco imaginário e, enquanto não me decidia, Silviano Santiago publicou *Keith Jarret no Blue Note*: o mesmo conceito, só que realizado com um virtuosismo que eu jamais alcançaria. A comparação continua sendo um método eficaz para botar o mundo em foco e evitar constrangimentos de todas as partes.

A AUSÊNCIA

Novela completamente inspirada em uma história real, que conta como a mulher de um amigo de infância desapareceu um dia sem deixar vestígios, lançando-o num inferno de dúvidas e numa crise radical de valores – a crise ficava por minha conta e risco, já que meu amigo chegou a comemorar o desaparecimento da mulher que, prosaicamente, tinha apenas ido viver com outro numa praia do Nordeste, o que não chega a ser trágico (desde que você não seja obrigado a viver numa praia do Nordeste). Fiquei animado, comecei a escrever pequenas biografias dos personagens mas, erro fatal, falei mais do que trabalhei. O resultado é que PrP se apossou da ideia com um argumento que lhe é estranho – "história e samba são como passarinho, estão no ar, são de quem pegar", ele costumava dizer – e transformou-a no seu único e superestimado romance. O protagonista deixou de ser advogado para ser editor, vivia uns conflitos muito primários e ainda se dividia entre duas mulheres com o mesmo nome. Não consegui lamentar de todo o roubo e acho curioso um ladrão que prefira uma bijuteria à mão do que uma joia bem-guardada. Escrevi a orelha do livro, saudando a originalidade da história.

A ARTE DA FUGA

Dois homens, cada um de um lado de uma cama de hospital, observam a mulher que amam e que sobreviveu a uma tentativa de suicídio. Um, o marido; outro, o amante, que se veem pela primeira vez, apesar de um saber da existência do outro. A tese é que, quando as coisas se adensam, não há mais amante e marido, pois um vira o "outro" do que está na posição inversa. Muito sofrimento para nada, como é típico nestas histórias. Alice, minha amiga que inspirou esta história e decidiu continuar casada com o marido, ainda que não tenha tentado se matar, leu o primeiro tratamento da história, meras oito páginas, e me ameaçou até com processo se eu fosse adiante. Desisti. Mas o e-mail raivoso que me enviou foi a melhor crítica que já tive até hoje.

O HOMEM QUE NÃO FOI CHOPIN

Este foi produto do desespero. Precisava de um segundo livro, embora não soubesse exatamente por quê. Sentia-me vagamente pressionado, talvez apenas pela expectativa dos amigos e, na minha fantasia, de alguns críticos. Decidi pela muleta, que sempre odiei, da ficção histórica. Todas as semanas, passava duas manhãs na Biblioteca Nacional pesquisando a vida de Ernesto Nazareth, que pretendia contar em diálogo com *Um homem célebre*. O objetivo primeiro era ganhar uma bolsa que me afastasse do escritório por uns tempos. Nazareth e Machado foram poupados em seus túmulos pela comissão julgadora do concurso: em um "não" rotundo, os jurados consideraram a ideia esquemática e pretensiosa. Não tive a mesma sorte de meus quase personagens apaziguados: vivi um pequeno inferno da rejeição, aposentando o computador e comprando compulsivamente caderninhos que até hoje continuam virgens. Mas todos com data e local de compra anotados na última página, ali, lembrando o grande equívoco.

O SUMIÇO

Perseguindo o mesmo objetivo de Georges Perec, que escreveu um livro sem o uso do "e", investi suor, muito suor, no projeto *O sumiço*, imbuído em excluir o "a" de meu discurso. Persisti por meses. Rendido, desisti, impossível que é, concedo, construir mesmo um bloco de texto pequeno como esse prescindindo do elemento que em português é ubíquo e lhe confere som e sentido únicos.

MONTANO NÃO MORA MAIS AQUI

Meu último e mais ambicioso projeto foi abortado, a partir do título, pela veemência de PrP. Pretendia, nele, fazer um diálogo literário com Enrique Vila-Matas – que, diga-se de passagem, jamais quis ser autor da Oito e Meio apesar das tentativas insistentes de meu querido editor, o que pode explicar a má vontade com que recebeu mais esta ideia, meu leitor torto e danoso. Imperativo, PrP me garantiu ser desmedida a importância que concederia ao outro ("botar azeitona na empada do outro", foi o que disse), que o título era uma paráfrase tão pobre e fácil quanto as citações espalhadas pelas duas míseras páginas em que resumi o que poderia vir a ser o livro, uma narrativa acompanhada por colagens de texto. Desta vez não havia Sofia para mostrar nada. De certa forma, a responsabilidade de mais esta frustração é minha: descumpri a regra de ouro que havia estabelecido para mim, a de sofrer sozinho sem mostrar ideias a quem quer que seja. Pago assim o preço astronômico das vontades exterminadas ao nascer. O aborto de todos os abortos.

PARATY

DIA 1

Sofia levou pouco mais de três horas para ir do Rio a Paraty. Normalmente, faria a viagem em quatro ou mais, parando, fotografando uma paisagem saturada por sua própria beleza. Desta vez, achou melhor ir direto ao ponto, pois ultimamente obedecia demasiado a impulsos e, para pegar um retorno e voltar para casa, não custava. Pela segunda vez desde o início do ano viajava sob as ordens de Théo, que, admitia, se fazia mais presente em sua vida do que gostaria ou teria imaginado.

De imediato, preferiu ignorar o segundo envelope, o que recebeu através da odiosa intermediação do crápula do qual não se diz o nome. Estava exausta de tantos caprichos póstumos, do tamanho desmedido assumido por aquele homem. Não tocou no dinheiro destinado à suposta viagem a Barcelona, jamais telefonou ao editor brasileiro de Vila-Matas e muito menos procurou o próprio.

Um terceiro envelope, também recente, guardava instruções igualmente perturbadoras. Seu remetente era, mais uma vez, Théo. O intermediário, Régis, ex-sócio no escritório. A orientação, bem menos literária, ainda que não desprovida de engenhosidade: Sofia era a principal beneficiária de um testamento. Para ela, Théo deixou os chamados "bens materiais": o apartamento onde morou, o carro que não usava, dinheiro da conta-corrente e das aplicações. Ao irmão distante, não legou nada. A biblioteca foi dividida entre uma universidade (apenas os livros de e sobre Walter Benjamin, a "benjaminiana", como chamava) e cinco outras pessoas das quais ela jamais ouvira falar.

Com a casa, Sofia também herdava os discos (os que restaram de sucessivas vendas e presentes), móveis, um guarda-roupas reduzido ao essencial, três panelas, dois pratos, quatro taças de vinho, dois copos de água e uma estante repleta de cadernos, em sua maioria intactos. Dois meses depois de assinar uma floresta de papéis, Sofia só tinha tomado posse da parte maldita da herança, a pasta. Despachou os livros e manteve o resto trancado e intocado como no dia em que encontrou Théo.

No banco do carona do jipe, a pasta ocupava agora o lugar que fora de Théo – e de suas cinzas. Preferiu não acomodá-la na mala de mão para evitar qualquer acidente. Esta era, finalmente, mais uma viagem que não nascia de sua vontade, mais um capítulo do que passou a chamar "o livro da obediência". Era lá, e não em Barcelona ou Lisboa, que estaria Enrique Vila-Matas, convidado da Festa Literária Internacional de Paraty. Esta viagem escapara à onipotência de Théo, mas só aparentemente, já que sua vontade prevalecia: o tal Enrique receberia os papéis, já meticulosamente fotografados e escaneados por Sofia nos últimos meses.

No carro sem música, invadido de tempos em tempos pela estridência do celular e o nome de sua mãe no visor, Sofia pensava que Théo jamais iria a este tipo de evento. Praticava assim seu exercício favorito nos últimos tempos: pensar o que Théo pensaria em cada situação, da escolha de um restaurante ao pedido de demissão do trabalho. Ir a Paraty, no entanto, era uma decisão pragmática, a de livrar-se de uma dívida que jamais contraiu e que pesava como uma culpa ancestral.

Chegou a Paraty no início da tarde de sexta-feira. A Flip, assim era chamada a festa, começara dois dias antes. Não ia a Paraty havia anos – na última vez, lembrou, estava com Théo, que reclamava todo o tempo das pedras irregulares do calçamento e do que ele entendia como a artificialidade de tanta História. Ao deixar a estrada, Sofia pensava mais uma vez "como Théo", deprimida pelo caminho triste que levava ao Centro Histórico, poluído por placas agressivas e que em nada se diferenciava das periferias de grandes capitais ou do interior, à exceção das muitas indicações de improváveis "pousadas". O que só reforçava a ideia de Théo de que Paraty era pouco mais do que um cenário, uma espécie de Las Vegas colonial que inverteu a ordem da história e havia sido plantada no deserto do grande subúrbio amorfo que a cercava.

Penou, com idas e vindas, até encontrar a porta da garagem, fechada e sem campainha ou interfone, da Pousada Pardieiro. O quarto num dos melhores hotéis da cidade foi milagre operado por Ana, braço direito do Abominável, que passou os dois dias anteriores na cidade, aonde chegou de helicóptero para exibir-se em festas e fazer amigos de infância. Decidiu aceitar esta ajuda, ainda que indireta, do Hediondo, o que, em tese, lhe parecia inaceitável. Mas não deixaria que o Nefando atrapalhasse, mais uma vez, a plena realização de Théo. Era mais importante livrar-se da parte incômoda do passado do que se manter abraçada, em nome de nada, a um rancor baldio – era o que Théo faria, pensou mais uma vez.

Depois de telefonemas truncados para a recepção, celular com péssima conexão, um funcionário apareceu para abrir as portas do estacionamento, que fica a uma quadra da entrada do hotel. Suando frio mesmo com o ar-condicionado, Sofia conseguiu murmurar um "boa tarde," manobrar o carro e vomitar o pouco que comera no chão de terra de sua vaga antes mesmo de descer do carro. Esgotada pelo esforço da viagem, agarrou-se à pasta como a uma boia e seguiu o menino que carregava as malas pela rua irregular. O caminho lhe parecia interminável e, a julgar pela reação do recepcionista, sua aparência era nada menos do que lamentável.

Para chegar ao quarto, o 16, tinha que cruzar um labirinto de jardinetos e árvores altas que, com o tempo nublado, envolviam a pousada num inverno úmido e francamente desagradável. A cabeceira alta da cama, o pé-direito enorme e o chão de pedra não colaboravam para que se sentisse acolhida, ela que tinha horror das marcas "locais" e, em qualquer cidade, buscava sempre os espaços brancos e arejados. O quarto era mais um marco na escalada de estranheza que experimentou a cada quilômetro vencido em direção à cidade.

Ligando de um número desconhecido, insistindo, a mãe finalmente se fez atender. Havia muito substituíra o alô por um "onde você está?" inquisitorial, mais resmungado do que falado. Sofia não suportava o estado de alerta permanente, a iminência de desgraças que nunca aconteciam, a urgência banalizada com que se traduzia a chamada preocupação materna. Distraída, disse estar em Paraty, o que detonou uma ladainha severa sobre riscos variados, saúde, o ódio reiterado a Théo, os perigos da estrada cheia de curvas. Desligou e, com paciência e objetividade para ela incomuns, tomou um banho antes de iniciar, o mais rápido, sua missão.

Examinando um mapa "artístico", que era como Théo definia os desenhos toscos de cidades que não ajudam em nada na orientação prática, Sofia concluiu que a pousada, no fim sem saída da rua do Comércio, ficava numa das extremidades do Centro Histórico. No extremo oposto estava a tenda onde os escritores se apresentavam. Pelo que pôde observar, bastava seguir sempre em frente, não sendo esta uma tarefa exatamente simples: na prática, representava cruzar toda a cidade a pé, e caminhar em Paraty é travar íntimo contato não com a paisagem, mas com as pedras do chão, entre uma topada e outra.

Para uma fotógrafa de máquina em punho, pelo menos uma fotógrafa como ela, era atraente a paisagem de pés e pedras que se vê num passeio. Começou a fotografar o chão mas, logo tonta, preferiu mobilizar toda a atenção para não cair. Pensava em Théo e sua defesa, com argumentos históricos, de um urgente recapeamento de toda Paraty, quando foi atraída pela algazarra vinda de uma rua à direita. Na Praça da Matriz, hordas de crianças, que fariam Théo, como de hábito, invocar Herodes, gritavam, excitadas, em brincadeiras de objetivos incompreensíveis organizadas por adultos que a ela pareciam aparvalhados.

De frente para o tumulto, estava ele. Enrique Vila-Matas parecia absorto em outro mundo numa mesa do bar da esquina. A seu lado, uma mulher falante, cabelos quase vermelhos, e um homem com cara de menino que certamente era brasileiro e de vez em quando explodia em gargalhadas que se podiam ouvir de onde estava. Os dois, mulher e homem, falavam animadamente. Vila-Matas olhava simplesmente, entre o entediado e o melancólico, bebericando um copinho, provavelmente de cachaça.

Quando começou a ler os papéis da pasta, Sofia imaginava encontrar um homem fisicamente parecido com Théo – que se considerava praticamente um sósia de Vila-Matas. Depois de, por puro acaso, tê-lo visto em Paris, Théo escreveu a ela garantindo ter encontrado seu duplo perfeito – o que Sofia entendeu ser uma de suas muitas alucinações literárias, já que a primeira busca no Google desmentira qualquer possibilidade de comparação. Agora, pessoalmente, tinha abalada sua convicção. Ambos eram certamente bem diferentes, mas guardavam uma mesma seriedade e a gritante timidez que marca muitos dos que estão quase sempre cercados por muita gente, quase sempre no centro das atenções.

Decidiu comportar-se como uma turista e ficou fotografando as crianças na praça, clicando de vez em quando o bar, onde reconheceu, felizmente a uma distância segura, muita gente que fez parte de sua vida com Théo, ou melhor, que fazia parte da vida de Théo e, por tabela, da sua enquanto esteve com ele. Lembrou inclusive que deveria andar em alerta permanente, reunindo toda a rispidez que tinha assimilado nos últimos anos para usar em caso de emergência, ou seja, no caso de alguém se manifestar muito sentido ou chocado pela morte de Théo. Felizmente, o pior de todos os inimigos, o Ceifador, havia deixado a cidade e, sem sabê-lo, literalmente cedido seu lugar a ela. Ele seria o único, achava, a reconhecê-la mesmo de chapéu e óculos escuros.

O tempo nublado, nem calor nem frio, decididamente fazia-lhe muito mal. Tornava mais constantes, sabe-se lá por quê, os enjoos que incorporou à sua rotina nos últimos meses. Impetuosamente, dirigiu-se ao bar, pensou em buscar uma mesa perto de Vila-Matas para observá-lo melhor, mas teve que correr para o fundo do salão, impulsionada pelo cheiro de peixe frito. No banheiro masculino, entrou sem pedir licença para vomitar a alma, maldizendo mais uma vez a obediência às absurdas determinações de Théo.

Quando acordou, eram 11 da noite. Depois de deixar o banheiro masculino do Cupê, este era o nome do bar, foi para o hotel correndo – na medida em que era possível correr nas malditas pedras. Estava deitada sobre a cama feita, ao lado da pasta, sandálias apertando os pés inchados. O bar, as crianças, os horrendos bonecos de papel machê, Vila-Matas, o cheiro de peixe, Théo. A tarde fazia pouco sentido, e logo passou a ocupar-se de especulações sobre como Vila-Matas reagiria à sua abordagem. Ela e sua eterna insegurança, diria Théo, certamente em tom paternal mas não exatamente carinhoso.

No quarto da pousada não havia televisão ou telefone, numa estranha concepção de conforto. Recebeu da portaria, num papel passado por baixo da porta, um recado de Ana, sempre zelosa, querendo saber se tudo tinha dado certo, já que só chegaria do Rio no dia seguinte. Não só não se animou a responder como desligou o celular, para proteger-se sobretudo dos telefonemas da mãe talvez insistindo no conselho para que vendesse logo o apartamento que herdara e fosse cuidar da própria vida.

Demorou tanto no banho que, ao sair, adormeceu encolhida, de roupão e sem comer, sobre a cama ainda feita. Ao lado da pasta.

DIA 2

Antes das sete da manhã, Sofia acordou com frio e varada de fome. Precisava de café e, de uma vez por todas, acabar logo com aquele jogo que jogava sozinha – e que, apesar de ter lá sua graça, arruinava para sempre seu equilíbrio. Na folha de papel reciclado, arrancada de um bloco que herdou de Théo, escreveu, vacilante:

> Estimado señor Vila-Matas,
> Preciso falar-lhe com urgência.
> Esteja hoje às 11 horas em frente a seu hotel.
> O senhor não me conhece, mas eu sei quem o senhor é e tenho um recado importante a dar.
> Sofia

Arrependeu-se imediatamente depois de deixar o bilhete na Pousada da Marquesa, que hospeda todos os escritores da Festa. Àquela hora, a cidade era um deserto, pois no tempo da literatura Paraty vive plenamente à noite. Sofia voltou a Pardieiro tão rápido quanto conseguiu para desfazer-se do que considerava um disfarce perfeito: chapéu de palha, camiseta colorida com "Paraty" escrito em letras garrafais, grandes óculos escuros – um figurino que parecia ter saído do armário da mãe, sempre ela, a crítica mais severa de Théo, um homem velho que dormia de vez em quando com sua filha e não poucas vezes se portava como um marido.

Às 11, câmera pendurada no pescoço e colete como uma fotógrafa de almanaque, Sofia misturou-se aos jornalistas em frente à sala de imprensa, que funcionava em um prédio baixo ao lado da pousada dos escritores. Era o local mais seguro. No telão aberto para a praça, alternavam-se as imagens de MV Bill, Arnaldo Jabor e Luiz Eduardo Soares. A plateia aplaudia, vaiava, urrava. Vila-Matas deixou o hotel pouco depois do horário combinado. Cabelos ainda molhados, camisa polo colorida na qual não parecia muito à vontade, acendeu um cigarro, inequivocamente à espera. Sofia aproximou-se e fulminou-o com a pergunta:

"Posso fotografá-lo? Estou fazendo um ensaio com escritores e aproveito a Flip para aumentar meu acervo."

Vila-Matas pareceu dar um salto. Constrangido como só os muito tímidos são capazes por suas reações desproporcionais, desculpou-se: não, naquele momento não podia, estava à espera de uma pessoa, tinha compromisso marcado. Não sugeriu novo encontro nem prolongou a conversa. Sofia agradeceu, trêmula, e correu para a Pousada da Marquesa. Para o banheiro da Pousada da Marquesa. A vida pontuada pela náusea.

Théo, o homem da rotina, não suportaria cinco minutos de tanto sobressalto, imprevisibilidade. No celular, Sofia tentava reconectar-se minimamente com a vida da normalidade. Cinco recados: quatro da mãe, querendo saber seu paradeiro, todos urgentes e descartáveis; um único a responder: Ana havia chegado. Combinaram encontrar-se antes da apresentação de Salman Rushdie, que Théo tanto admirava.

Depois de longa peregrinação, conseguiu almoçar um prato de massa, sem frutos do mar, num restaurante lotado próximo ao cais. Era a única mesa com uma só pessoa, mas ninguém se dava conta disso – muito menos os garçons, que levaram umas duas horas para atendê-la, o que já teria feito Théo desistir. Sofia distraía-se com o jornal, tentando deduzir de mais uma entrevista de Vila-Matas algum traço importante de sua personalidade.

No fim da tarde, resolveu voltar a vestir-se como Sofia – o que significa sempre uma combinação de preto e branco, com concessões para o bege e o cinza de acordo com a época do ano. Achou-se vagamente atraente e bonita, mesmo com os lábios um pouco inchados – ou talvez justamente por isso. Um colar colorido, artesanato africano, foi a única nota destoante, ainda que justificada: presente de Théo de sua última viagem a Paris, empenhado que estava, nos últimos tempos, a levar mais cor para o que via como "uma vida de luto". No que Sofia até concordava.

Pois foi o colar o que primeiro Ana notou quando se encontraram, já em cima da hora, em meio à multidão que se aglomerava em frente à Tenda dos Autores. Achou Sofia diferente, mais bonita, mais jovem, e, sem tempo para mais conversa, conduziu-a a uma área da plateia reservada a convidados e autores. Sentaram-se justamente ao lado de Vila-Matas e da mulher que, deduziu, era casada com ele. Sentia-se personagem de um mau romance, destes que se passam dentro da literatura e têm escritores como protagonistas, e não soube como responder a Vila-Matas, que a reconheceu como a fotógrafa daquela manhã, desculpou-se pelo desencontro na Praça da Matriz e propôs uma sessão de fotos para o dia seguinte, domingo, antes de sua participação na Flip, ao lado de Gonçalo M. Tavares.

Sofia agradeceu a atenção em um portunhol arrevesado e confirmou o encontro. Pelas 15 horas seguintes, não arredou pé da Pardieiro e tampouco deixou um recado desculpando-se.

DIA 3

No domingo à tarde, Sofia certificou-se de que Enrique Vila-Matas e Paula, este o nome de sua mulher, não estariam na Pousada. Por volta das quatro, apenas para tirar dúvidas, checou que o rosto largo do escritor enchia o telão na Praça da Matriz, transmitindo o que acontecia do outro lado do rio, na tenda principal da Flip. O Vila-Matas do telão, em close, falava português e, o que era mais estranho, dublado por uma mulher. Théo adoraria o detalhe tosco.

Em seu maior acesso de coragem, momento decisivo, Sofia deixou na recepção da Marquesa o lindo embrulho em que transformou a pasta – tinha certeza de que se tratava de um objeto de intensa curiosidade para um escritor que, além de curioso profissional, como qualquer escritor, havia demonstrado, no dia anterior, que era perfeitamente capaz de ir ao encontro de um desconhecido a partir de um bilhete truncado.

Nas horas que passou na Pousada, envolveu a pasta em papel craft cuidadosamente causal e atou-a com barbantes meticulosamente rústicos e assimétricos. Fotografou, é claro, cada uma das etapas dessa montagem e, finalmente, caprichou no endereçamento, em letra de forma, com a caligrafia que julgou ser de um homem nervoso, em traços grossos, tinta azul:

Para: ENRIQUE VILA-MATAS
De: MONTANO
Em mãos

Dificilmente, pensou, Vila-Matas deixaria de abrir o pacote. Poderia até deixá-lo em Paraty, evitando carregar mais peso em sua bagagem – estes eventos podem ser penosos para escritores, que sempre ganham mais livros do que gostariam ou poderiam carregar. Livros que frequentemente terminam nas mãos de camareiras de hotéis, aborrecidas por sua vez com o previsível e inútil lixo dos artistas. Não era confortável para ela a ideia de que a papelada de Théo terminasse sabe-se lá onde em Paraty, mas se, ainda assim, Vila-Matas ao menos passasse os olhos naquelas páginas, sua missão estaria cumprida. A recepcionista da Marquesa recebeu o pacote sem fazer perguntas.

Voltou para a Pousada para arrumar a bolsa. Assim também prevenia-se de um eventual encontro com o escritor, que autografaria seus livros antes de ir para uma sessão final, em que ele e seis outros convidados da Flip falariam sobre seus "livros de cabeceira". Pagou a conta, estranhando a imensa quantidade de garrafas de água mineral nos extras e, a caminho do carro, mudou de planos. Voltaria mais tarde, pois queria conferir o livro que Vila-Matas escolheria para encerrar sua participação na Flip. Àquela altura, ele não conseguira receber a encomenda.

Eram sete da noite, fazia frio e, da penúltima fila no canto direito da tenda, perdia-se em digressões sobre aquele homem de blazer azul, à primeira vista quase hostil e, a seus olhos, simpático e tímido – exatamente como Théo. Sim, era isso que aproximava os dois. Théo percebera a afinidade pouco óbvia como o fazem os escritores, fundando sua observação numa mistura de experiência (ou na ausência completa dela) e imaginação, fundindo seus fantasmas pessoais com as leituras e criando, assim, uma identidade. Um tipo de imaginação de escritor, do escritor que Théo jamais conseguiu ser plenamente – mas que talvez o tenha sido a seu modo, com pouco livro e muita obsessão.

Ao ouvir "Pessoa", voltou à realidade, como se atingida por um golpe. O momento que vivia parecia, como lhe era familiar, intoxicado por literatura mas, ao mesmo tempo, estranhamente distante dela. Era Vila-Matas anunciando sua escolha, um poema que ela conhecia de cor, um dos poucos dos quais se lembrava, por ser um dos preferidos de Théo, que no início de tudo entre os dois passou uma viagem inteira por Portugal dizendo-o na estrada, enquanto cruzavam o país num carro alugado, dirigido por ela.

Ao volante do Chevrolet pela estrada de Sintra,
Ao luar e ao sonho, na estrada deserta,
Sozinho guio, guio quase devagar, e um pouco
Me parece, ou me forço um pouco para que me pareça,
Que sigo por outra estrada, por outro sonho, por outro mundo,
Que sigo sem haver Lisboa deixada ou Sintra a que ir ter,
Que sigo, e que mais haverá em seguir senão não parar mas seguir?

Praticamente sozinha, sem ninguém em volta, Sofia começou a recitar o poema em voz baixa, como se estivesse rezando.

Pero allá voy: ¿Qué otra cosa ha de hacer uno que solo sabe seguir?

Ecoava a voz empostada de Vila-Matas e tudo parecia fazer um estranho sentido. Ela não sabia direito o que concluir, ou se deveria concluir algo dos impulsos que a guiavam desde que começara a perceber, fisicamente até, o que Théo havia deixado, o que só poderia ser dela postumamente, depois de uma vida cheia de dificuldades de expressão, de dificuldade de amá-la como sempre idealizou. Não, na verdade nunca idealizou nada, mas passou a sonhar com uma forma de amar e ser amada desde que Théo apresentou-lhe outras possibilidades para uma mesma vida.

Na estrada de Sintra ao luar, na tristeza, ante os campos e a noite,
En la ruta de Sintra, a la luz de la luna, frente a los campos y la noche y en la tristeza,
Guiando o Chevrolet emprestado desconsoladamente,
Manejando sin consuelo el Chevrolet prestado,
Perco-me na estrada futura, sumo-me na distância que alcanço,
Me veo en el camino futuro y me sumo a la distancia que alcanzo,
E, num desejo terrível, súbito, violento, inconcebível,
Y en un deseo terrible, súbito, violento, inconcebible,
Acelero...

Na estrada de Sintra, perto da meia-noite, ao luar, ao volante,
Na estrada de Sintra, ¡que cansancio de mi propia imaginación!
En la ruta de Sintra, cada vez más cerca de Sintra
En la ruta de Sintra, cada vez menos cerca de mí

As lágrimas que congestionavam sua visão, sua respiração, não tinham a ver com Pessoa. Ou melhor, tinham a ver com a certeza de que, mesmo à sua revelia, a literatura já tinha, havia muito, começado a dirigir a sua vida. Pela primeira vez, ela, Maria, aceitava plenamente que seu nome era mesmo Sofia, assim batizada por Théo. Também entendeu nas palavras de Fernando Pessoa, que eram as palavras de Vila-Matas e, de alguma forma, de Théo, que era hora.

Ninguém esperava por ela, não havia pressa. Iniciou a série interminável de curvas, o mar à direita transformado num breu, ruminando as palavras de Pessoa e ouvindo, quase cinco vezes seguidas, *The melody at night, with you*. Apesar da vontade de acelerar cada vez mais, pela primeira vez desde que conheceu Théo se deu conta de que não estava mais sozinha, de que deveria cuidar, como de sua própria vida, daquilo que Théo, tão afeito a planos, tinha legado a ela sem saber. Uma vida que, de literária, tinha tudo, pulsando há cinco meses.

Este livro foi impresso
pela Lis Gráfica para a
Editora Objetiva em
junho de 2011.